新典社選書 62

『こころ』の真相

漱石は何をたくらんだのか

柳澤浩哉 著

新典社

はじめに

『こころ』は日本人にとって特別な小説である。

まず、『こころ』の人気は他の作品を圧倒している。たとえば、二〇一一年時点での新潮文庫の累計発行部数の一位から四位を並べると次のようになる。『こころ』（六七三万七五〇〇部）、『人間失格』（六五七万四〇〇〇部）、『老人と海』（四八二万三〇〇〇部）、『坊っちゃん』（四一二万三〇〇〇部）[1]。あるいは、岩波書店が二〇〇三年に約三万人を対象に実施した「読者が選ぶ　私の好きな岩波文庫」というアンケートでも、『こころ』は二位の『坊っちゃん』、三位の『銀の匙』を大きく引き離して第一位になっている[2]。

また、『こころ』は国語教育において特別な地位を獲得している作品であり、高校の国語教科書（「現代文」）を発行している全ての出版社が、『こころ』のハイライト部分を収録した教科書を出版している[3]。つまり、『こころ』は日本人の大多数が一度は精読を体験する作品となるが、このような作品はことのほか少なく、大半の国語教科書に収録されている文学作品は、『こころ』の他には『羅生門』、『山月記』、『舞姫』くらいしかない。また、夏休みの課題図書として『こころ』を指定する高校も少なくないから、かなりの人が『こころ』を通読した経験を持つはずである。

さらに、『こころ』は研究対象としても群を抜いている。『こゝろ』研究史』という本をまとめた仲秀和氏によれば、これまでに漱石について書かれた単行本は千冊を越え、『こころ』に関する論も千編を越えるという。(4) そして、発表されて百年を経た現代でも『こころ』研究に衰える気配はなく、石原千秋氏によれば『こころ』を論じた主な論だけで四五〇編を数え、その内の約二〇〇編は一九八五年三月以降に発表されているという。(5)『こころ』は日本文学の中で、人気、読者数、研究対象の三冠王と言える作品なのである。

『こころ』は、静という美しい女性をめぐる三角関係の物語である。先生と呼ばれる主人公は、静をめぐる友人Kとの三角関係に悩んだあげく、Kを裏切って静との婚約を取りつける。だが、静との結婚を果たした後、先生は人間不信と罪悪感に苦しみ続け、明治天皇が崩御すると死ぬことを決意する。先生の裏切りが、Kを自殺に追いやっていたからである。

『こころ』のストーリーはかなりシンプルである。そして、『こころ』を語るために使われる、罪悪感、エゴイズム、近代知識人の孤独といったお決まりの言葉も明瞭だから、『こころ』は、重々しいテーマをシンプルなストーリーで提示した作品と受け止められることが多いかもしれない。確かに、この作品を表面的に読めば、この三つのキーワードでくくられる物語と読めるはずである。

だが、『こころ』はそれほど単純な作品ではない。注意深く読むと、驚くほど多くの矛盾や不可解な箇所が見えてくるからである。物語の最重要事件であるKの自殺から、その例のいくつかを拾ってみよう。

たとえば、Kは〈自分は薄志弱行で到底行先の望みがないから、自殺する〉（下四十八）という動機を遺書に残しているが、彼の自殺の原因は先生の裏切りだったはずである。だとすれば、Kは遺書に偽りの動機を書いて死んだことになる。もしも、裏切られた事実を隠したかったのであれば、偽りの動機など書く必要はない。自殺の動機に触れなければ済むことである。ここで引っかかるのは、Kがあえて自殺の動機に言及し、それが自分一人の責任であると明言している点である。これは先生を「K殺し」の罪から解放する意味を持つが、Kにとっての先生は、自分の信頼を最悪の形で裏切った許し難い人間のはずである。その先生をそこまでしてかばう必要が、Kにあったというのだろうか。あるいは、遺書の最後に書き加えられた〈もっと早く死ぬべきだのに何故今まで生きていたのだろう〉という思わせぶりな文句も気にかかる。この文句は一体何を意味しているのか。

ただし、Kの自殺をめぐって何より不可解なのは、裏切りの事実を聞かされた時、彼がほとんど動揺していないことだろう（この時の冷静さが演技ではなかったことを、本書の中で明らかにする）。つまりKは、先生の裏切りにそれほど衝撃を受けなかったにもかかわらず、その裏切りのために死んでしまったことになる。この重大な矛盾は、Kの自殺を根本から疑わせる重みを持つはずである。彼の自殺の原因は、本当に先生の裏切りだったのだろうか。Kの自殺は物語中の最重要事件である。その事件がこれほど不可解なままで、『こころ』の理解があり得るだろうか。

『こころ』に見られる矛盾や不可解な部分を、不合理という言葉でまとめることにしよう。ここにあげたものは、Kの自殺をめぐる不合理の一部に過ぎない。そして、Kの不合理は、自殺以外の箇所にも数多く見つけることができる。さらに、先生と静についても、Kと同様に数多くの不合理が見つかる。『こころ』はその名声とは裏腹に、おびただしい不合理を含んだ謎めいた作品なのである。

これまでの研究が、『こころ』に対し多種多様な読みと分析を行ってきたことは言うまでもない。だが不思議なことに、『こころ』について書かれた単行本、『こころ』の代表的研究を集めた論文集、あるいは『こころ』の膨大な研究を収集・整理して解説を加えた文献、さらに『こころ』を特集した雑誌などに目を通してみても、様々な不合理について「そうだったのか」

と納得させてくれる研究に出会うことができない。そもそも、不合理に徹底的にこだわり、その解決を試みた研究がきわめて少ないからである。(6)膨大な先行研究があるにもかかわらず、『こころ』の不合理は、そのほとんどが手付かずのまま残されているのである。

不合理が放置されてきた原因は、おそらくその難解さである。不合理が気になったとしても、解決の糸口すら見つからなければそれを論じることは難しい。そして、不合理を解決できない状態があまりに長く続いた結果、文学研究者の間では『こころ』に対して次の認識が共有されるようになる。『こころ』は多様な読みを許容する作品であり、一つの読みを確定することはできない。(7)」この認識は一見、小説は多様に読まれるべきであるという常識を繰り返しているだけのように見える。だが、『こころ』にはおびただしい不合理が存在し、それらはいまだ解決されていない。この現実を踏まえると、この共通認識はきわめて大胆な断定を含意していることが分かる。すなわち、『こころ』の不合理を解決できる読みは存在しない」という宣言である。不合理の解決に挑戦する研究が生産されない背景には、この共通認識の存在がある。

だが、多くの不合理を含んでいるために読みの確定が不可能な小説、漱石がそんな作品を書くものだろうか。彼はなぜ、『こころ』にこれほど多くの不合理を書き込んだのか。何より、それらは本当に解決不可能なのだろうか。本文に多数の不合理が存在するのであれば、その解決を図ることが『こころ』研究の最優先課題となるべきだろう。従来の『こころ』研究がこの最優先課題を回避してきたことに、本書は大きな疑問を感じる。

本書の結論を言おう。『こころ』における不合理は、そのほとんどが解決可能である。『こころ』の矛盾や不可解な箇所に対して客観性の高い解答を提示すること、本書はこれを目的とする。

確かに、『こころ』の不合理はどれも難解で、とても解決できるとは思えない。だが、解決の入り口を見つけることができれば、まるでドミノ倒しのように、次々に不合理を解決していくことができる。その作業が与えてくれるスリリングな興奮は、推理小説の謎解きと変わらない。漱石は不合理を解決できる答えを用意し、読者を答えに導く手がかりをしっかりと書き残しているからである。

不合理を解決できる答えとは、言うまでもなく、物語内で実際に起きていたことである（本書では物語内で実際に起きていたことを真相と呼ぶことにする）。漱石は、書き手である先生に真相を大きく誤解させた上で、真相に導く手がかりを読者のために残しているのだ。ただし、どの手がかりにも巧妙なカムフラージュが施されているため、それを的確に見つけていくことは決して簡単ではない。謎めいた語りと、巧妙にカムフラージュされた手がかり。これは推理小説の方法そのものである。

本書が明らかにしていく真相は、従来信じられてきた『こころ』の読みとは全く異なるものであるが、それは決して奇をてらって新しい読みを求めた結果ではない。登場人物の言動を一貫性を持って説明できる仮説、それを積み重ねることによって得られた結論である。本書が提示する真相は、表面的な読みではうかがい知ることのできない奥深い物語を浮かび上がらせるはずである。

最後に、本書が精読する対象について述べておきたい。『こころ』は、「上　先生と私」「中　両親と私」「下　先生と遺書」と名づけられた三つの章から成るが、(8)本書は「先生と遺書」だけを精読の対象とする。現在の『こころ』研究は「先生と遺書」を特権的に扱うことに批判的であるが、次の二つの理由から本書では読み込む対象を「先生と遺書」に限定している。一つは、不合理な箇所がこの章に集中していること。もう一つは、それらの全てがこの章の情報によって解決できることである。ただし、本書も残り二つを無視するわけではない。最後の第七章において「先生と遺書」と残り二つの章の関係を検討し、二つの章の問題箇所にも考察を加える。その検討によって、「先生と遺書」が他を圧倒する密度と重要性を持つことが確認できるはずである。

なお、『こころ』の不合理な箇所は「先生と遺書」の中でも特に後半部分に集中している。これは『こころ』のハイライトと言える部分で、国語教科書に収録されている部分とおおむね重なる。そのため、本書は教科書に収録されている部分を精読することになるはずである。

凡例

・『こころ』と『吾輩は猫である』は新潮文庫を底本とした（『こころ』は一九八四年改版、『吾輩は猫である』は二〇〇三年改版のもの）。また、引用本文中の傍線・括弧で囲まれた説明は断りのない限り筆者によるものである。
・本書では小説本文の引用を〈 〉で、それ以外を「 」で括る。

注

（1）二〇一一年八月二四日の数字。『日本経済新聞』二〇一一年八月三一日夕刊による。
（2）岩波書店ＨＰおよび水川隆夫『夏目漱石「こゝろ」を読みなおす』（平凡社新書、二〇〇五年（七ページ））による。
（3）高校一年の国語は「国語総合」の一科目、二年と三年の国語は「現代文」と「古典」の二科目になる。二〇一三年三月の段階で「現代文」の教科書を発行している出版社は九社あり、全ての出版社が『こころ』を収録した「現代文」の教科書を発行している。なお、『こころ』を収録していない「現代文」の教科書もあるが（どの出版社も複数の「現代文」教科書を出している）、それらは難度をやや下げて編集された発行部数の少ない教科書である（一般社団法人教科書協会ＨＰ、各出版社のＨＰによる）。

（４）仲秀和『こゝろ』研究史』（和泉書院、二〇〇七年）。同書によれば、『こころ』研究史を概観した文献（論文）がこの本以外に一八本、『こころ』特集を組んだ雑誌が六編ある。

（５）石原千秋『テクストはまちがわない　小説と読者の仕事』（筑摩書房、二〇〇四年（三四ページ））による。なお、一九八五年三月は現在の『こころ』研究に絶大な影響を残した次の二本の論文が発表された時である。小森陽一「『こころ』を生成する「心臓《ハート》」」、石原千秋「『こゝろ』のオイディプス―反転する語り―」（ともに初出は『成城国文学』第一号、一九八五年三月）。

（６）数々の不合理の中で、静が先生を嫉妬で苦しめた動機については、多くの先行研究が考察を加え、彼女の動機を推測している（静の動機については多くの手がかりが見える形で残されているからである）。ただし、現在主流になりつつある「策略説」では、彼女の不可解な言動を十分説明することができず、この問題も解決されているとは言い難い。

また、『こころ』には不合理以外にも、研究者の目を引く問題が数多くある。そのいくつかを列挙してみよう。

・静には明かさないで欲しいと念を押された遺書を、青年が公開できた理由。いわゆる遺書の公開問題である。これは矛盾の一つとも言い得る問題であるが、本書は物語内の問題を対象とするため、この問題は不合理に含めなかった。

・先生がKを同居させた理由。すなわち、あえて三角関係を作り出した意図あるいはその意味。
・〈此処でもただ先生と書くだけで本名は打ち明けない。（中略）余所々々しい頭文字などはとても使う気にならない。〉（上一）という言葉で先生を批判した青年の意識、あるいは青年と先生との関係。
・Kが追究していた道の実態、あるいはKのモデルとなった人物の特定。

（7）平岡敏夫他編『夏目漱石事典』（勉誠出版、二〇〇〇年）の『こゝろ』の項目には次のような解説がある。「この作品そのものは作者の言葉を排して作中人物が語る形式をとっているため、一義的な答えを確定することはない。作品の言葉の形式そのものが多様な解釈を喚起すべき構成的特質を備えているのである。」

（8）『こころ』の「上」「中」「下」の呼び方は一定していない。本書では三つの章と呼ぶことにしたい。

目　次

第一章　本書の前提と方法

第一節　本書の前提

「先生と遺書」のあらすじ

「はじめに」で述べたとおり、『こころ』の問題箇所は「先生と遺書」に集中しているため、本書はこの章を精読していく。「先生と遺書」のあらすじを確認した後、矛盾や問題の主なものを列挙してみたい(1)。

「先生と遺書」の物語を一言に言えば、自分の裏切りによって友人を自殺に追い込んだ主人公が、その罪悪感に苦しめられて自殺に至る話となるだろう。主な登場人物は、先生と呼ばれる主人公、先生の友人であり同じ大学に通うＫ、そしてこの二人から愛される美しい女性静である。

先生は親の遺産で暮らす経済的に恵まれた大学生。戦争未亡人とその娘（静）が二人で暮らす家に下宿をしている。先生は下宿に入ると間もなく静を好きになるが、いろいろな理由をつけてはその恋に踏み出せずにいる。先生には信用していた叔父に財産を掠め取られた経験があり、その結果として人を信用できないことが恋に積極的になれない背景にある。

一方、先生にはKという同郷の同級生がいる。Kは道の追究を人生の唯一の目標と考え、禁欲的に道を目指す風変わりな男である。医者の養子であったKは家業を継ぐために東京の大学に進学するが、養父母を騙す形で先生と同じ科に入学してしまう。三年目の夏にその事実を養父に明かすと、その勝手な振る舞いに養家と実家の双方が激怒し、Kは両家から縁を切られて経済的基盤を失う。困窮するKを見かねた先生は、強引に説得して自分の下宿に同居させ、下宿代と食事代を全額負担してやるが、Kに感謝する様子はまるで見られない。

Kが同居を始めてしばらくすると、静がKの部屋を訪れるようになり、やがてKに気があるとしか思えない言動を繰り返すようになる。先生は嫉妬で狂わんばかりになるが、肝心なKは静に対して一貫して無反応であった。

ところが、同居を始めて十か月ほど経ったある日、Kが静への恋心を突然先生に打ち明けてくる。静を奪われる恐怖にかられた先生は、さんざん悩んだあげく、Kを出し抜いて静との婚約を取り付けてしまう。先生は婚約したことをKに言い出せずにいたが、Kは下宿の奥さんから二人の婚約を聞かされる。Kは婚約の事実を聞いてもほとんど動揺した様子を見せなかったが、二日後、夜中に頚動脈を切って自殺する。

先生は静との結婚を果たすが、死んだKに苦しめられ続ける。Kが静にまとわりついて離れないために、先生は静を遠ざけるようになり、夫婦の間には深い溝が生まれてしまう。孤独感と罪悪感に苦しめられる中で、先生は次第に自殺をするしかないと考えるようになるが、自殺を試みることもなく何年も生き続ける。だが、明治天皇の崩御を知ると〈明治の精神が天皇に始まって天皇に終った〉（下五十五）と感じ、〈もし自分が殉死するならば、明治の精神に殉死する積《つも》りだ〉（下五十六）と静に語る。その一月後、乃木大将の殉死を知ると命を絶つ決意を固めて、青年に宛てた長い遺書を書き始める。

「先生と遺書」は、先生の書いた遺書に一切の補足を加えず、遺書をそのまま掲載するという凝った設定で書かれた小説である。したがって、書かれているのは先生が感じたこと考えたことだけであり、内容には先生の性格あるいは観察の限界が反映されることになる。

おびただしい不合理

「はじめに」で予告したとおり、「先生と遺書」にはいくつもの矛盾や不可解な箇所がある。その多くはＫと関わるものなので、Ｋの問題から考えてみたい。

静の気があるとしか思えない言動に対して、当初Ｋは無関心・無反応であった。この態度が最後まで続いていれば問題はないのだが、Ｋは先生に静への恋心を突然告白してくる。もちろん、それまで全く意識しなかった異性を何かのきっかけで好きになるのは不思議なことではない。だが、Kの場合、静に対する無関心が最後に確認できる正月の歌留多の席から、先生に恋心を打ち明けるまでの時間が、わずか二・三日なのである（この断定に対しては「Kは以前から静に恋していたが、その気持ちをずっと隠していたのだ」という反論が出るだろう。だがこの反論は成立しない。この反論の成立しないことは第三章で検証する）。つまり、二・三日の間に、それまで無関心だった静に恋をし、先生に告白する決意を固め、それを実行したことになるが、この素早さはKの性格に馴染まない。漱石はこの間が二・三日であることを、〈それから二三日経った後《のち》の事でしたろう〉（下三十五）と明記しているから、この日数には何らかの意味があると考えるべきである。ちなみに、この二・三日の間の出来事を先生は何も書き残していない。つまり、その間に先生の記憶に残るような事件は何も起きていないことになる。

そもそも、Kはなぜ自分の恋を先生に打ち明けたのか。ひたすら道の追究だけを目指すKの生き方を考えれば、たとえ静に恋をしても、自分の恋を必死で隠そうとするのが自然な振る舞いではあるまいか。さらに、先生が恋のライバルになる可能性を、Kが全く考えていないことも理解しがたい。あるいは、それまで過激なほどにストイックな生活を送っていたKが、下宿での快適な生活に何の抵抗もなく馴染んでしまったことも、考えてみれば不可解である。

そして、自殺についても複数の不合理がある。遺書に見られる不合理については、「はじめに」で既に紹介している。すなわち、遺書に書かれた動機が不可解であること、最後に書き加えられた文句の意図が分からないことである。さらに、まだ紹介していない不合理として自殺の状況があげられる。Kは先生と自分の部屋を隔てる襖を二尺（約七十センチ）も開け放ち、ランプの灯をつけたまま自殺しているからである。これでは、隣で寝ている先生に、物音やうめき声を聞かれ、自殺の様子を見られてしまう危険がある。Kは、先生に自殺を止めて欲しいと思いながら、頸動脈を切り裂いたというのだろうか。

ただし、Kの不合理の中で最大のものは、「はじめに」で紹介した自殺の動機をめぐる矛盾であろう。すなわち、自殺の原因となった裏切りを聞かされても、Kがほとんど動揺しなかった事実である。(2) この重大な矛盾について詳しく見て行こう。先生の婚約をKに教えたのは奥さんであり、その時のKの反応を語っているのも奥さんである。Kの様子を語っている奥さんの証言を確認してみよう。

婚約の事実を知らされた直後、Kは〈変な顔〉をしたものの、すぐに笑顔を作って〈御目出とう御座います〉と答え、さらに奥さんに向かって〈結婚は何時ですか〉〈何か御祝いを上げたいが、私は金がないから上げる事が出来ません〉（下四十七）と言ったという。この反応はあまりに冷静すぎないだろうか。彼は作り笑いをして〈御目出とう御座います〉と言っただけではない。奥さんに皮肉めいた言葉まで返しているのだ。動揺を隠すだけならこんなことまで言う必要はない。Kが皮肉めいたことを言うのは、「先生と遺書」の中でもこの場所だけである。この局面で皮肉を返せたことは、Kが冷静であったことの証拠となるはずだ。

その一方で、Kが自殺したのは裏切りを知った二日後であり、裏切りと自殺との間には明瞭な因果関係が認められる。ちなみに、この二日間に起こったことについても、先生は何も書き残していない。つまり、先生の記憶に残るようなことは何も起こっていないわけで、この間に自殺の原因となる新たな事件が起こった可能性はない。ほとんど衝撃を受けなかった裏切りのために二日後に自殺する。そんなことがあり得るのだろうか。

なお、この場面を注意深く読むと、Kの冷静さが反論の余地のない形で書かれていることが分かる。(3) つまり、Kの自殺という物語中の最重要事件に関して、漱石は意図的に矛盾を書き込んだと考えられるのである。漱石は一体何を意図してそんなことをしたのだろうか。

Kに関する矛盾や不可解な点をあげてきたが、これは静と先生についても同様である。静が先生との結婚を望んでいたことは、先生の求婚に対する奥さんの反応から明らかであるが、静はこれ見よがしの好意をKに示して先生を執拗に苦しめる。彼女の行動は先生に対する策略のようにも見えるが、静には先生を苦しめて楽しんでいるふしがあり、策略に不可欠な用心深さを欠いている。求婚させるための策略ならば、期待どおりの結果を導くために、先生の反応にもっと注意を向けたはずである。静はなぜ、先生をあれほど嫉妬させたのだろう。

しかし、「先生と遺書」の中で何より分からないのは、先生の自殺の理由である。先生はKを殺した罪悪感に苦しみ続けたはずなのに、罪悪感をすっかり忘れて〈明治の精神に殉死する積りだ〉（下五十六）と言って自殺を決意してしまうのだから。何年間も先生を苦しめ続けた罪悪感は一体どこに行ってしまったのか。作品全体を締めくくる事件でありながら、この自殺はあまりに唐突である。

様々な不合理を列挙してきたが、ここにあげたものはその一部に過ぎない。「先生と遺書」にはまだまだ多くの不合理が存在している。

おびただしい不合理を、漱石のミスとして片付ける選択肢が、あるいは存在するのかもしれない。だが、「先生と遺書」が真剣に書かれた作品であることは一読すれば明らかであり、この作品にこれほど多くのミスが入り込むことはあり得ない。漱石はこれらの不合理を意図的に、つまり十分計算した上で書きこんだと考えるべきだろう。

「先生と遺書」に見られるおびただしい不合理が発しているのは、表面をなぞった読みでこの作品を理解することはできないという警告であり、これらの不合理を克服する読みに挑戦せよという挑発のメッセージではないだろうか。

本書の目的と前提

「先生と遺書」の中で一体何が起きていたのか。物語の真相（物語内で実際に起きていたこと）を明らかにすることが本書の目的である。本書で明らかにしていく真相は、従来の読みとは全く異なるものだが、それらは決して奇をてらって作り出したものではない。本書がこれまでの読みと異なるのは、次の二つの前提に立って「先生と遺書」を精読した点にある。

先生の言葉を鵜呑みにしない。
本文の矛盾・不可解な箇所に目をつぶらない。

「先生の言葉を鵜呑みにしない。」について補足してみたい。これは、従来の『こころ』研究において盲点となっていた発想である。(4) 確かに、先生の遺書は真剣さや誠実さを強く感じさせ、安易な批判を許さないオーラを発している。だが、先入観を挟むことなく、先生の観察力・分析力を考えてみて欲しい。遺書に綴られている人間観察や分析は、他者の内面を読める人のものだろうか。あるいは、Ｋや静に対する分析の中に、鋭さを感じさせるところが果たしてあるだろうか。先生は他人の気持ちが読めるタイプの人間ではなく、何より人の気持ちの一般的なありように疎い。だとすれば、Ｋや静の観察において重大な見落とし、あるいは事実誤認を犯している可能性を想定する必要があるだろう。この当たり前の発想が従来の研究では欠落していたのである。

本書では疑う余地のない確実な事実だけを組み合わせて、矛盾や不自然さのない仮説を模索していく。確実な事実を全て組み込んだ上で一貫性のある自然な仮説を構築できれば、それが真相であると考えていいはずだ。本書はこの方法によって『こころ』の真相を明らかにしていく。本書はこれまでに列挙した問題の全てに答えを用意しているが、いずれも先生の理解とは大きく異なるものばかりである。

先生の遺書から先生の知らない真相が導けるのか

本書の作業を一言で言えば、先生の書いたものを手がかりに、先生には想像もつかない真相を明らかにしていく作業となるだろう。この作業は矛盾そのものであるが、先生の遺書は漱石が創作したフィクションである。フィクションならば、先生にあえて事実誤認をさせた上で、読者のために真相解明の手がかりを残しておくことは決して難しくないだろう。問題は、『こころ』でそれが行われているか否かであるが、漱石はそれをする作家なのである。

先行研究によって、漱石にはそのような作品が複数あることが明らかになっている。たとえば、『三四郎』は東京に出てきたばかりの大学生三四郎と、謎めいた女性美禰子との淡い恋を描いた作品であると理解されている。確かに、『三四郎』を普通に読めばそのようにしか読めない。

だが、美禰子の言動を取り出して検討すると、彼女が三四郎に惹かれていなかったこと、さらに野々宮に特別な好意を持っていたことが分かる。一方、野々宮が美禰子を特別視していると感じさせる箇所が複数あり、最後の章で彼女の結婚披露宴の招待状を引き裂いたことから、美禰子に対する野々宮の気持ちも確認できる。つまり、出来事を俯瞰的に見ると、野々宮と美禰子の結婚問題の終焉という大きな「事件」があり、三四郎はそこに遭遇した脇役ということになるのである。(5)

彼ら三人の関係を端的に示しているのが、東大の池のほとりで三四郎が初めて美禰子と出会う有名な場面である。三四郎を誘惑するかのような美禰子のしぐさが印象的だが、これはあくまで三四郎の目から見た美禰子の様子である。

当時の東大を復元した地図を参照しながらこの場面を検証すると、この時美禰子の意識は三四郎ではなく、野々宮に向けられていたと推測されるのだ。彼らの位置関係から、美禰子はこの直前、三四郎から死角となる場所で野々宮と会っていたと考えられるからである。この推論は彼らの位置関係とともに、この直後に登場した野々宮が〈君はまだ居たんですか〉と言いながら三四郎の前にやってくること、さらに野々宮のポケットに女手の手紙が見えた事実と符合する（これは美禰子から受け取った手紙であろう）。この場面で美禰子は、結婚問題で煮え切らない野々宮を挑発していたと考えられるのである。(6)

あるいは、『坊っちゃん』もそのような作品の一つである。『坊っちゃん』は、松山中学に赴任した主人公が、山嵐とともに腹黒い教頭赤シャツをやっつけて東京に戻る痛快な話と理解されている。確かに、語り手である坊っちゃんは自分の行動をそのように考えていたに違いない。

だが、全体を俯瞰的に眺めると、次のような「大事件」の全体像が浮かび上がってくる。「大事件」は、マドンナをうらなりから奪い取ろうと、赤シャツがマドンナに接近したことから始まる。赤シャツの陰謀に気付いた山嵐が直接談判を試みると、赤シャツは山嵐を追放しようと画策し、師範学校と中学校の生徒同士の喧嘩事件を利用して山嵐を罠にかける。つまり、

「大事件」は赤シャツと山嵐の闘争であり、坊っちゃんはその趨勢に何ら影響を及ぼさない局外者ということになる。にもかかわらず、坊っちゃんは事情も分からぬまま山嵐に加担すると、理由らしい理由の書かれていない辞表を出して、そのまま松山から去ってしまう。これが俯瞰的に見た『坊っちゃん』の真相である。(7)

『三四郎』と『坊っちゃん』をこのように紹介すると、この二作品は二重構造とでも呼ぶべき複雑な仕掛けを持った作品のように思える。しかし、漱石がこの二作で意図したものはもっと単純なことだったのではないか。

『三四郎』は視点人物である三四郎の視点から描かれており、最後の章を例外として、三四郎以外の視点はほぼ排除されている。同様に、『坊っちゃん』も主人公によって語られる物語であり、冒頭から最後まで彼の視点が厳密に守られている。この設定が「不十分な」語りの原因であると考えられる。

劇中の人物が、自分の置かれた状況を俯瞰的に理解することは不可能である。つまり、主人公の視点が厳格に守られれば、語りは必然的に状況の全体像を伝えられないことになる。『三四郎』と『坊っちゃん』で物語の全体状況が的確に語られていないのは、複雑な構造を狙った結果ではなく、語りの視点を厳格に設定した帰結と考えた方がシンプルである。漱石はこの二作品において、主人公の「目」を追究したのではないか。すなわち、主人公には自分の置かれた状況がどのように見えていたのか、そして彼が何を感じ何を考えたのかの追究である。

だが、『三四郎』と『坊っちゃん』には、状況を俯瞰的に理解させる手がかりが残されている。これが偶然ではなく意図的に行われていることは、たとえば先程紹介した三四郎と美禰子の出会いの場面を見れば明らかである。この場面では、残された複数の手がかりから、まるで推理小説のように事実関係を緻密に再現できるからである。つまり漱石は、主人公の視点を厳格に守る一方で、主人公には知りえない全体状況を（間接的な形で）書き込んだことになる。

全体状況を伝えることと主人公の目になり切ることは、一見矛盾するようにも見えるが、視点を厳格に設定することによって、漱石が主人公の「目」を追究していたとすれば、それはむしろ当然のことかもしれない。主人公の「目」の追究は、主人公の誤解の追究に他ならない。そして、彼の誤解を知るためには、全体状況の把握が不可欠だからである。逆説的な言い方になるが、主人公以外の視点を厳格に排除した時点で、主人公には知り得ない全体状況を伝えることが求められていたのだろう(8)。

漱石の小説の大半は主人公の視点から語られている。それらの作品では次の二つのことを予想する必要があるかもしれない。一つは、主人公が多かれ少なかれ状況を誤解していること。

もう一つは、状況を俯瞰的に知るための手がかりが残されていることである。もちろん、個々の作品を丹念に検証しない限りこの予想の妥当性は判断できないが、処女作である『吾輩は猫である』の冒頭において、漱石は既にこの方法を実践している。次節では『吾輩』の冒頭を検討してみたい。

第二節　『吾輩は猫である』冒頭の真相

『こころ』の分析に入る前に『吾輩は猫である』の冒頭を検討するのは、本書の方法を示すためである。本書に方法と呼べるほどのものはないが、『こころ』の分析と『吾輩』の分析には、全く同じ方法（着眼点）を使う。そして、『こころ』の難易度を上級とすれば『吾輩』の難易度は初級程度になるので、『吾輩』は『こころ』に入るための格好のウォーミングアップとなる。

書生の行動と思考

次に引用する『吾輩』の冒頭は、吾輩が自分の幼い時の体験を語ったものである。ここには吾輩が生まれて初めて遭遇した人間、書生が登場する。書生についての情報は少ないが、本文を丹念に読むと、この時の書生の行動から内面までが明らかになる。吾輩と書生の物理的な位置関係を確認した後、書生の行動と思考を考えてみたい。

吾輩は猫である。名前はまだ無い。

どこで生れたか頓と見当がつかぬ。何でも薄暗いじめじめした所でニャーニャー泣いていた事だけは記憶している。吾輩はここで始めて人間というものを見た。然もあとで聞くとそれは書生という人間中で一番獰悪《どうあく》な種族であったそうだ。この書生というのは時々我々を捕えて煮て食うという話である。然しその当時は何という考もなかったから別段恐しいとも思わなかった。但彼の掌《てのひら》に載せられてスーと持ち上げられた時何だかフワフワした感じが有ったばかりである。掌の上で少し落ち付いて書生の顔を見たのが所謂人間というものの見始であろう。この時妙なものだと思った感じが今でも残っている。第一毛を以て装飾されべき筈の顔がつるつるしてまるで薬罐だ。その後猫にも大分逢ったがこんな片輪には一度も出会《でく》わした事がない。加之《のみならず》顔の真中が余りに突起している。そうしてその穴の中から時々ぷうぷうと烟《けむり》を吹く。どうも烟《む》せぽくて実に弱った。これが人間の飲む烟草というものである事は漸《ようや》くこの頃知った。

この書生の掌の裏《うち》でしばらくはよい心持ちに坐っておったが、暫《しば》くすると非常な速力で運転し始めた。書生が動くのか自分だけが動くのか分らないが無暗に眼が廻る。胸が悪くなる。到底助からないと思っていると、どさりと音がして眼から火が出た。それまでは記憶しているがあとは何の事やらいくら考え出そうとしても分らない。

ふと気が付いて見ると書生は居ない。沢山居《お》った兄弟が一疋《ぴき》も見えぬ。肝心の母親さえ姿を隠してしまった。その上今までの所とは違って無暗に明るい。眼を明いていられぬ位だ。果てな何でも容子が可笑いと、のそのそ這い出して見ると非常に痛い。吾輩は藁の上から急に笹原の中へ棄てられたのである。

普通の自己紹介が名乗りから始まることを考えれば、〈名前はまだ無い〉で始まるこの語りは、かなり型破りな自己紹介と言える。威勢のよさと歯切れのよいリズムが印象的だが、ここで語られているのはその勢いとは裏腹の悲惨な事件である。

生まれたばかりの吾輩は、突然親兄弟から引き離されて笹原に投げ捨てられてしまったという。笹原は〈今までの所とは違って無暗に明るい〉と書かれているから、彼は生まれた巣から笹原まで、ある程度の距離を投げ飛ばされたことになる。しかも、〈藁の上〉という心地よい巣とは対照的に、笹原には直射日光が照りつけている。生まれて間もない子猫がこんな投げられ方をされ、直射日光に照りつけられれば命にかかわるだろう。事実、この引用の後には、彼が空腹と苦痛で死にそうになったことが語られている。

この悲惨な体験が彼の「人生」最初の記憶なのである。一度「殺されて」から彼の生が始まるのは、野良猫から飼い猫に生まれ変わる儀式のようにも見える。あるいは、吾輩のこの体験を、里子に出されていた漱石自身の幼少期と重ね合わせて解釈する研究もある(9)。これは興味深い指摘であるが、本書は物語内の真相解明を課題とするためこのような方向での考察は行わない。

書生の内面を考えるために、引っかかるところ、不自然な箇所を探してみたい。作品内で何らかの事件が起こった場合、事件そのものは書かれていなくても、どこかに事件の痕跡が残る。そのような場合、事件の痕跡は「ほころび」という形で残ることが多く、テクストの「ほころび」つまり引っかかるところは、しばしば真相解明の手がかりとなる。

引用中に引っかかる箇所はいくつかあるが、その第一は吾輩が興味を向けた対象だろう。子猫と人間とを比べたら、それこそ違うところだらけである。たとえば、体の大きさ、二本足での直立歩行、毛皮がなく着物を着ていること等々、吾輩の目には人間のあらゆる特徴が違和感を持って飛び込んで来ることが予想される。だが、吾輩は書生の顔の異様さを熱く語るものの、顔以外の特徴には一切触れていない。

確かにこれは不自然に見えるが、吾輩の体験を第三者の視点から想像してみればその理由は簡単に分かる。生まれたばかりの吾輩は〈薄暗いじめじめした所〉、おそらく縁の下の巣で泣いていたところを、突然書生につかみ上げられ、〈掌に載せられてスーと持ち上げられ〉、書生の目の前に持って来られた。書生の全身を見る余裕がないまま、彼の顔と至近距離で対面したために書生の顔しか見えなかったのである。

書生の鼻を、〈顔の真中があまりに突起している〉と語っているのは、目の前にあった鼻が巨大に見えたためだろう。〈その穴の中から時々ぷうぷうと烟を吹く。どうも烟せぽくて実に弱った〉とあるのは、煙草の煙を直接浴びていたからである。さらに、これを手がかりにすると、直接には書かれていない書生の行動や思考までを知ることができる。

書生は、子猫たちのニャーニャーという声を聞いて猫の巣を発見する。そして生まれたばかりの子猫を見つけると、その中の一匹をつかまえ目の前で〈暫く〉じっと観察するが、突然ぐるぐる手を回して笹原めがけて思い切り投げ捨ててしまう。目の前でじっと観察していた子猫を、いきなり投げ捨ててしまったのだから、書生は気まぐれで乱暴である。少々残忍な面もあるようだ。では、この書生は猫嫌いだったのだろうか。いや、彼は決して猫嫌いではない。吾輩は書生の手の感覚を〈フワフワした〉と感じ、さらに〈掌の裏でしばらくはよい心持ちに坐っておった〉と語っている。吾輩を優しくつかみ、手のひらにそっと乗せてじっくり観察していたのだから、彼が猫嫌いということはあり得ない。

まんざら猫嫌いではない書生が、手のひらに優しく乗せてまじまじと観察した後、いきなり遠くに投げ捨ててしまう。書生のこの豹変からは吾輩の容姿が分かる。少なくとも愛らしい容姿をしていれば、こんな悲惨な扱いは受けなかったはずである。では、可愛いとは言いがたい吾輩を、書生がまじまじと観察した理由は何か。吾輩の一体何が書生の興味をそんなに引いたのだろうか。書生の興味を引くような何かを吾輩が持っていたとすれば、その可能性は生まれたばかりの小ささ、か弱さ以外には考えられない。書生にとって、こんなに小さく弱々しい子猫はおそらく初めてだった。だから、生まれたばかりの壊れそうな子猫を優しくそっと持って、目の前でまじまじと観察したのである。

だが、ひとしきり観察すると、書生は吾輩を残忍に投げ捨てる。これが吾輩をじっくり観察して得られた結論である。「生まれたばかりの子猫というのは醜いものだな」書生は吾輩を観察しながらこんなことを思っていたに違いない（書生は吾輩を「新生児猫」の典型と考えたはずである）。

この場面において、吾輩と書生が見事な対をなしていることに気づいただろうか。吾輩は書生の顔を間近に見ながら、その異様なこと不細工なことを言い募っているが、書生も吾輩を観察しながら同じことを考えていたのである。吾輩が初めて見た人間が書生であったように、書生にとってもこんなに小さな子猫はおそらく初めてである。両者は顔を近づけながら好奇心を持って相手をじっくり観察し、互いにその醜さにあきれる。顔を付き合わせながら同じことを考えている様子は、まるで鏡に向かっているようではないか。これが引用箇所の真相でありユーモアである。

『吾輩』の冒頭に語られているのは、吾輩が感じたこと考えたことだけであり、彼に知りえない情報は何一つ書かれていない。だが、この本文からは、吾輩に分かるはずのない書生の内面をここまで知ることができる。言うまでもなく、漱石がそれを伝える手がかりを意図的に書き込んでいるからである。しかも、それは癖の強い吾輩の語りに自然に組み込まれて、わずかな作為も感じさせない。

処女作には作家のエッセンスが凝縮されると言われる。『吾輩』の冒頭で見せた方法が『こころ』でも実践され、先生には想像もつかないような真相が間接的に書かれていると予想するのはむしろ自然なことだろう。

本書の構成

本書の構成を示しておきたい。説明のために次章以降の目次を示す。

第二章　Kはなぜ自殺に追い込まれたのか　自殺未遂の真相
第三章　Kはなぜ自分の恋を告白したのか
第四章　Kはなぜ自殺したのか
第五章　静はなぜ男たちを翻弄したのか
第六章　先生はなぜ殉死したのか
第七章　『こころ』のテーマと動機
　第一節　『こころ』のテーマ
　第二節　『こころ』の動機

いくつか補足をしておきたい。Kの自殺についての考察が第二章と第四章に分かれているのは、Kが二回自殺を試みているからである。一回目の自殺は、先生に〈精神的に向上心のないものは、馬鹿だ〉と言われた夜であるが、この時の自殺は未遂に終わる。二度目の自殺は言うまでもなく本当の自殺であるが、二つの自殺の動機は同じではない。二度目の自殺の動機を考えるためには、静に恋した経過と告白の動機を確認しておく必要があるため、Kの心理を第三章で明らかにし、二度目の自殺の検討を第四章で行う。

第六章では先生の殉死の動機に挑戦するが、本文に残された手がかりがあまりに少ないために、必ずしも十分な解明には至っていないかもしれない。だが、先生が罪悪感では死ねなかった理由、殉死という形式を選んだ理由など、動機の解明に不可欠なポイントを明らかにすることはできるはずである。

第七章の一節では、それまで無視してきた「先生と私」と「両親と私」を検討した上で、『こころ』全体のテーマを考える。二節では乃木希典に注目し、乃木希典を批判することが『こころ』の動機であった可能性を提示する。このアイデアは唐突に見えるかもしれないが、罪悪感（責罪感）、殉死、結婚という三つの要素について二人の人生を比較し、それらが見事に重なっていることを明らかにした上でこの可能性を提示する。さらに、先生の殉死が唐突に造形されている意図、Kの追及した道の実態が伏せられている理由などについても、乃木批判という観点から一つの仮説を提示する。また、〈明治の精神に殉死する〉という自殺の論理が二つの矛盾を含んでいることを論証した上で、『こころ』の意味づけについての従来の説を批判してみたい。

注

（1）『夏目漱石事典』（前掲）に掲載されている「先生と私」と「両親と私」のあらすじを引用する。

「先生と私」

「私」は高校生のとき鎌倉の海で偶然ある人物（「先生」）と知り合いになり、東京に戻ってからも家を訪ねるようになった。先生は「奥さん」と二人きりで静かに暮らしており、特に仕事を持つわけでもない様子だった。私は先生の学識が世間に知られていないことを惜しむ一方で、世間的な価値に染まらぬ高い人柄を慕った。だが、先生の過去にはなにか秘密があるようで、この人物をつかみきれない気がしている。やがて私は先生にその思想の背景たる過去の秘密を聞かせてほしいとつめよった。先生は私の真面目さを信用して、いつか自分の過去を打ち明けることを約束する。

「両親と私」

やがて私は大学を卒業して田舎の家に帰るが、先生の考え方に感化された私は、大学を出た以上は相当の地位に就くのを当然と考える父や母に一種の物足りなさを感じており、それと表裏をなして先生のことが思い出され寂しさを感じる。やがて明治天皇の重態が伝えられ、天皇の死去に続く乃木夫妻の殉死が報じられるころ、並行するようにして父の病気が悪化する。ちょうど臨終の期が近づき、私は兄や親戚に危篤を報じたが、その後突然先生からの分厚い手紙が届く。先生の死を匂わせる内容の手紙らしいことに気付くと、私は臨終の時を迎えつつある父をおいて東京に向かう汽車に乗ってしまう。

（2）　この場面について「Kは内心の激しい動揺を抑えて冷静に振舞っていたのだ」と考えることには無理がある。Kが内面の動揺を隠せない体質であることは、他の場面から明らかだからである。「先生と遺書」には、先生が〈精神的に向上心のないものは、馬鹿だ〉（下四十一）という印象的な言葉でKを攻撃する場面がある。この時Kは、〈馬鹿だ〉〈僕は馬鹿だ〉と言ったまま、下を向いて動けなくなっており、自分の愚かさに激しく動揺している様子があからさまに分かる。またこの直前、恋から〈退ぞこうと思えば退ぞけるのか〉（下四十）と問われた時にも、Kは〈苦しい〉とうめき、苦痛が顔にはっきり表れるほど動揺している。Kが動揺や苦痛を隠せない体質であることは、この二つのエピソードから明らかである。

（3）　奥さんがKの様子を報告している箇所は以下のとおり。

『道理で妾《わたし》が話したら変な顔をしていましたよ。貴方もよくないじゃありませんか、平生あんなに親しくしている間柄だのに、黙って知らん顔をしているのは』

私はKがその時何か云いはしなかったかと奥さんに聞きました。奥さんは別段何にも云わないと答えました。然し私は進んでもっと細かい事を尋ねずにはいられませんでした。奥さんは固《もと》より何も隠す訳がありません。大した話もないがと云いながら、一々Kの様子を語って聞かせてくれました。

奥さんの云うところを綜合して考えて見ると、Kはこの最後の打撃を、最も落付いた驚をもって迎えたらしいのです。Kは御嬢さんと私との間に結ばれた新らしい関係に就いて、最初はそうですかとただ一口云っただけだったそうです。然し奥さんが、『あなたも喜こんで下さい』と述べた時、彼ははじめて奥さんの顔を見て微笑を洩らしながら、『御目出とう御座います』と云ったまま席を立ったそうです。そうして茶の間の障子を開ける前に、また奥さんを振り返って、『結婚は何時ですか』と聞いたそうです。それから『何か御祝いを上げたいが、私は金がないから上げる事が出来ません』と云ったそうです。奥さんの前に坐っていた私は、その話を聞いて胸が塞るような苦しさを覚えました。（下四十七）

ここでは、観察者が奥さんであることが観察の信憑性を高めている。奥さんは事情を知らないため先入観のない観察が期待できるからである。また、軍人の未亡人である奥さんは竹を割ったような性格で、少々おせっかいでもある。もしも彼女がKの様子に不審なものを感じていれば、その気持ちを隠して〈あなたも喜こんで下さい〉と言うとは考えにくい。たとえば「どうかしたのですか」といった言葉でKの状態を直接尋ねたのではないか。つまり、婚約の事実を知った時Kは〈変な顔〉をしたものの、それは不信感を抱かせるような顔ではなかったことが分かる。また、奥さんは先生の求めに応じて〈一々Kの様子を語って〉いるから、彼女の話に漏れはないと考えていい。Kが冷静であった事実が、反論の余地のない形で叙述されていることが確認できる。

（4）先生の言葉に疑問を呈している先行研究は決して少なくないが、具体的に提示された疑問となると、叔父に奪われた財産は先生が思っているほど多くはないだろう、といった指摘に留まるようである。

（5）酒井英行「広田先生の夢―『三四郎』から『それから』へ」（『文藝と批評』第四巻十号、一九七八年七月）

（6）石原千秋『漱石と三人の読者』（講談社現代新書、二〇〇四年（一六五〜一七六ページ））

（7）有光隆司「『坊っちゃん』の構造―悲劇の方法について―」（『國語と國文學』一九八二年八月）

（8）漱石の小説は作品ごとに文体が変化する。主人公（視点人物）の「目」を追究するために、漱石が主人公に成りきって小説を書いていたと考えると、作品ごとの文体変化と「目」の追究は統一的に説明できる。主人公の個性が「目」だけでなく、語り口にも反映された結果、作品ごとに文体が変化したと考えられるからである。

（9）小森陽一『漱石を読みなおす』（ちくま新書、一九九五年（一九〜二〇ページ））

第二章　Kはなぜ自殺に追い込まれたのか

自殺未遂の真相

不可解な苦悩

〈精神的に向上心のないものは、馬鹿だ〉（下四十一）という言葉は、「先生と遺書」の中でも印象に残るせりふの一つである。Kはこの言葉を聞いて激しく動揺するのだが、この時のKの反応はいささか過剰に見える。Kの一回目の自殺（正確には自殺未遂）についての検討をここから始めてみたい。この言葉が出てきた経緯から確認してみよう。

告白を聞いた先生は、静を奪われる恐怖を日に日に強めていくが、Kはその後自分の恋について一切話さなくなってしまう。ところがある日、Kの方から突然この問題についての相談を持ちかけてくる。Kは〈恋愛の淵に陥いった〉自分を、先生がどう見ているのか批判を求めたいのだという。いつもと様子の違うKを問い詰めて行くと、Kは突然〈苦しい〉と言い、〈表情には苦しそうなところがありありと〉見える。Kが理想と現実の間でふらふらしていると考えた先生は、今なら一撃でKを倒すことができると考え、Kの恋を止めるために残酷な言葉をぶつける。〈精神的に向上心のないものは、馬鹿だ〉がそれであり、この言葉は先生の予想をはるかに越える衝撃をKに与える。その箇所を引用してみよう。

『精神的に向上心のないものは、馬鹿だ』

私は二度同じ言葉を繰り返しました。そうして、その言葉がKの上にどう影響するかを見詰めていました。

『馬鹿だ』とやがてKが答えました。『僕は馬鹿だ』

Kはぴたりと其所へ立ち留ったまま動きません。彼は地面の上を見詰めています。私は思わずぎょっとしました。私にはKがその刹那《せつな》に居直り強盗の如く感ぜられたのです。然しそれにしては彼の声が如何《いか》にも力に乏しいという事に気が付きました。私は彼の眼遣《めづかい》を参考にしたかったのですが、彼は最後まで私の顔を見ないのです。そうして、徐々《そろそろ》と又歩き出しました。

（下四十一）

先生はKが〈居直り強盗の如く感ぜられた〉と書いているが、先生のこの感想は明らかにピント外れである。Kは足を止めたのではなく、動けなくなったのだ。〈地面の上を見詰めて〉いる目にはおそらく何も見えてはいないだろう。先生の顔を見ることなく〈徐々と又歩き出し〉た姿はまるで幽霊のようである。あまりの衝撃で放心状態になった、この時のKはそんな状態である。

これは「先生と遺書」の中でもよく知られた場面であるが、この時のKの過激な反応には納得しがたいものがある。Kは道の追究が人生の全てであると信じて、修行そのもののような生き方を実践してきた男である。先生の言葉が痛かったことは当然なのだが、自分が恋に迷っていること、それが自分の信条に反することは、先生に言われるまでもなくK自身がよく分かっていたはずである。だからこそKは先生に相談を持ちかけたのではないか。自分が自覚している欠点ならば、それを少々厳しく攻撃されたとしても、放心状態となるような衝撃を受けるだろうか。だがこの時のKの動揺は、自分の存在基盤を破壊されてしまったように激しい。先生の言葉の一体どこが、これほどの衝撃を与えたのか。

先生はこの過剰な反応の理由を二人の過去のいきさつから説明している。先生はKに最大限の打撃を与えるために半年前の因縁を利用したのだという。この言葉について先生は次のように書いている。

　これは二人で房州を旅行している際、Kが私に向って使った言葉です。私は彼の使った通りを、彼と同じような口調で、再び彼に投げ返したのです。（下四十一）

少し補足してみよう。この半年前の夏、先生とKは二人で房州に旅行をしている。それは汗と泥にまみれた苦行のような旅であったが、途中で日蓮の生まれた村を通ると、Kは誕生寺という寺に入って話を聞き、寺を出た後しきりに話しかけてくる。だが、先生は日蓮に興味がない上に疲れ切っていたので、口先だけの返事を繰り返し、やがて沈黙してしまう。そんな先生を快く思っていなかったKは、その翌日、先生に向かってこの言葉を言い放つ。その時の様子を先生は次のように書いている。

Kは昨日《きのう》自分の方から話しかけた日蓮の事に就いて、私が取り合わなかったのを、快よく思っていなかったのです。精神的に向上心がないものは馬鹿だと云って、何だか私をさも軽薄もののように遣り込めるのです。（下三十）

この言葉を口調も含めてそのままKに言い返したのは、屈辱的な記憶が忘れられずに残っていたからだろう。

かつて自分が与えた侮蔑的な言葉をそっくりそのまま返されたのだから、Kが激しい屈辱を感じたのは当然である。だがこの過去の事情を考慮しても、Kの反応にはやはり疑問が残る。Kは〈馬鹿だ〉〈僕は馬鹿だ〉と言って地面を見つめて動けなくなり、先生の顔を一度も見ることなく幽霊のように歩き出したという。この反応で引っかかるのは、衝撃の激しさではなく、Ｋが先生の存在を完全に忘れている点である。

親しい友人から予想外の侮辱を受けた時、人は侮辱の内容よりも相手の行為自体に衝撃を受けるものである。「どうしてそんな事を言うのか」という気持ちで、相手の顔を見て真意を確認しようとするのが普通の反応ではないだろうか。だが、この時のＫは先生の存在すら忘れている。この反応はたとえば、自分の決定的な欠点、それも今まで全く気付かなかった欠点を痛烈に批判された時に見せる反応のように思える。だが、先生の言葉の中にＫにとって真新しいものは何もないはずである。Ｋは一体何に衝撃を受けたのか。

Ｋの衝撃の原因を直接書いた箇所はないが、漱石はそれを解明する手がかりをいくつかに分けて書き込んでいる。中でも特に重要なのが四十と四十一である。この激しい衝撃が書かれているのが四十一。その前の四十には、図書館で勉強している先生にＫが恋の相談を持ちかけるくだりが書かれている。

四十は「先生と遺書」の中で最も不可解な節であると同時に、「先生と遺書」の謎を解く上で最も重要な節でもある。四十を精読してみたい。

Ｋは静への恋を突然告白した後、この問題について一切語らなくなってしまうが、正月休みが明けて学校が始まったある日、この問題について自分から先生に話しかけてくる。それは先生が図書館で調べ物をしている時であった。少々長くなるが以下に四十の全文を引用する。

「ある日私は久し振に学校の図書館に入りました。私は広い机の片隅で窓から射す光線を半身《はんしん》に受けながら、新着の外国雑誌を、あちら此方《こちら》と引繰り返して見ていました。私は担任教師から専攻の学科に関して、次の週までにある事項を調べて来いと命ぜられたのです。然し私に必要な事柄が中々見付からないので、私は二度も三度も雑誌を借り替えなければなりませんでした。最後に私はやっと自分に必要な論文を探し出して、一心にそれを読み出しました。すると突然幅の広い机の向う側から小さな声で私の名を呼ぶものがあります。私は不図眼を上げて其所に立っているKを見ました。Kはその上半身を机の上に折り曲るようにして、彼の顔を私に近付けました。御承知の通り図書館では他《ほか》の人の邪魔になるような大きな声で話をする訳に行かないのですから、Kのこの所作は誰でも遣る普通の事なのですが、私はその時に限って、一種変な心持がしました。

Kは低い声で勉強かと聞きました。私は一寸《ちょっと》調べものがあるのだと答えました。それでもKはまだその顔を私から放しません。同じ低い調子で一所に散歩をしないかというのです。私は少し待っていれば為《し》ても可《い》いと答えました。彼は待っていると云ったまま、すぐ私の前の空席に腰を卸しました。すると私は気が散って急に雑誌が読めなくなりました。何だかKの胸に一物があって、談判でもしに来られたように思われて仕方がないのです。私は已《やむ》を得ず読みかけた雑誌を伏せて、立ち上がろうとしました。Kは落付き払ってもう済んだのかと聞きます。私はどうでも可いのだと答えて、雑誌を返すと共に、Kと図書館を出ました。

二人は別に行く所もなかったので、龍岡町《たつおかちょう》から池の端へ出て、上野の公園の中へ入りました。その時彼は例の事件について、突然向うから口を切りました。前後の様子を綜合して考えると、Kはそのために私をわざわざ散歩に引っ張出したらしいのです。けれども彼の態度はまだ実際的の方面へ向ってちっとも進んでいませんでした。彼は私に向って、ただ漠然と、どう思うと云うのです。どう思うというのは、そうした恋愛の淵に陥いった彼を、どんな眼で私が眺めるかという質問なのです。一言《いちごん》でいうと、彼は現在の自分について、私の批判を求めたい様なのです。其所に私は彼の平生と異なる点を確かに認める事が出来たと思いました。度々繰り返すようですが、彼の天性は他《ひと》の思わくを憚《はば》かる程弱く出来上ってはいなかったのです。こうと信じたら一人でどんどん進んで行くだけの度胸もあり勇気もある男なのです。養家事件でその特色を強く胸の裏《うち》に彫り付けられた私が、これは様子が違うと明らかに意識したのは当然の結果なのです。

私がKに向って、この際何んで私の批評が必要なのかと尋ねた時、彼は何時《いつ》もにも似ない悄然とした口調で、自分の弱い人間であるのが実際恥《は》ずかしいと云いました。そうして迷っているから自分で自分が分らなくなってしまったので、私に公平な批評を求めるより外に仕方がないと云いました。私は隙《す》かさず迷うという意味を聞き糺《ただ》しました。彼は進んで可いか退ぞいて可いか、それに迷うのだと説明しました。私はすぐ一歩先へ出ました。そうして退ぞこうと思えば退ぞけるのかと彼に聞きました。すると彼の言葉が其所で不意に行き詰りました。彼はただ苦しいと云っただけでした。実際彼の表情には苦しそうなところがありありと見えていました。もし相手が御嬢さんでなかったならば、私はどんなに彼に都合の好い返事を、その渇き切った顔の上に慈雨の如く注いで遣ったか分りません。私はその位の美くしい同情を有《も》って生れて来た人間と自分ながら信じています。然しその時の私は違っていました。

（下四十）

Kが図書館で何もしていないところを見ると、彼が図書館に来たのは先生に会うためだったようである。調べものをしている先生を強引に誘い出しているのだから、Ｋは自分の恋についてよほど話したいことがあったのだろう。だが、彼は自分の恋について一言〈ただ漠然と、どう思う〉と言ったきり何も言おうとしない。〈どう思う〉と言った後のＫの言葉は全て、先生の問いかけに答えたものである。さらに、Ｋは先生の〈批判〉を聞きたいと言っているのに、先生が批判をする素振りを見せただけで苦しみ始めてしまう。Ｋは本当に先生の批判を求めていたのだろうか。Ｋは、一体どんな話をしようとして先生を強引に誘い出したのか。

ただし、四十で最も不可解なのは最後のＫの苦悩である。先生の言葉が苦痛の原因であることは間違いないが、先生の言葉のどこがＫをそんなに苦しめたのかが分からない。二人のやり取りを抜き出して整理してみよう。

先生　何んで私の批評が必要なのか

Ｋ　迷っているから自分で自分が分らなくなってしまったので、私に公平な批評を求めるより外に仕方がない

先生　迷うという意味（を聞き糺しました）

Ｋ　進んで可いか退ぞいて可いか、それに迷うのだ

先生　退ぞこうと思えば退ぞけるのか
K　苦しい

Kは〈退ぞこうと思えば退ぞけるのか〉という言葉を聞いて突然苦しみ出しているが、この時先生は、Kが自ら提示した選択肢を確認しただけである。退くという選択肢がどんなに辛いものであったとしても、自分でその選択肢を提示したのであれば、先生がその選択肢を選ぶ可能性はある程度覚悟していたはずである。しかも、先生は「退ぞくべきだ」とすら言ってはいない。自分で提示した選択肢を念押しされただけで、なぜこれほど苦しむのか。この苦痛はあまりに不可解であるが、これを四十の中で解決することはできない。

四十の最大の謎はこの苦痛だが、四十にはこれ以外にも不可解な箇所がある。先生が調べものを中断しようとした時、〈Kは落付き払ってもう済んだのか〉と言ったという。だが、この余裕は長続きせず、先生が問い詰めていくと〈悄然とした口調で、自分の弱い人間であるのが実際恥ずかしい〉と言い、あの唐突な苦痛がやってくる。ここで不可解なのはKが図書館で見せた余裕である。Kは恋に迷っているから先生に〈批判を求め〉に来たという。その言葉通りであれば、Kは図書館で先生と出会った時から悄然としていなければ筋が通らない。だが、図書館での彼は悄然どころか〈落付き払って〉いたという。恋に悩んでいたKに、なぜそんな余裕があったのだろうか。

四十に描かれたKの言動はあまりに不可解であるが、漱石はその理由をはっきりと書き残している。

苦悩の理由

〈退ぞこうと思えば退ぞけるのか〉という言葉がKを苦しめたのはなぜか。その謎を解く鍵は四十一の中に隠されている。鍵を含む箇所を少し長めに引用してみる。これは、〈精神的に向上心のないものは、馬鹿だ〉という言葉の背景を説明している箇所の一部である。もちろん先生はここにKの気持ちを知る鍵が隠れていることなど想像すらしていない。

Kは昔しから精進という言葉が好でした。私はその言葉の中に、禁慾という意味も籠っているのだろうと解釈していました。然し後で実際を聞いて見ると、それよりもまだ厳重な意味が含まれているので、私は驚ろきました。道のためには凡《すべ》てを犠牲にすべきものだと云うのが彼の第一信条なのですから、摂慾や禁慾は無論、たとい慾を離れた恋そのものでも道の妨害《さまたげ》になるのです。Ｋが自活生活をしている時分に、私はよく彼から彼の主張を聞かされたのでした。その頃から御嬢さんを思っていた私は、勢いどうしても彼に反対しなければならなかったのです。私が反対すると、彼は何時でも気の毒そうな顔をしました。其所《そこ》には同情よりも侮蔑の方が余計に現われていました。

こういう過去を二人の間に通り抜けて来ているのですから、精神的に向上心のないものは馬鹿だという言葉は、Ｋに取って痛いに違いなかったのです。（下四十一）

傍線部が鍵なので確認していこう。始めの傍線部で語られているのはＫの日ごろの主張であり、〈道のためには凡てを犠牲にすべき〉というのがポイントである。次のようにまとめていいだろう。

道は何よりも重要だ。

二つ目の傍線部は先生の主張であり、〈勢いどうしても彼に反対しなければならなかった〉とある。道と恋の関係が議論のポイントだから、次のようにまとめることができる。

恋は何よりも重要だ。

これを確認した上で、Kが提示した選択肢をもう一度確認してみよう。恋に進むべきか退くべきかという、あの選択肢である。

進んで可いか退ぞいて可いか、それに迷うのだ

傍線部と選択肢の関係に気づいただろうか。これを表の形で整理すると次のようになる。

Kが提示した選択肢	日ごろの二人の主張
(恋に)　進んで可い	先生…恋は何よりも重要だ
(恋から)　退ぞいて可い	K……道は何よりも重要だ

Ｋはこれまでの二人の主張を二者択一の形にまとめて、先生に提示していたのである。この二つの選択肢を並べられれば、先生は自分の主張である〈進んで可い〉しか選べなくなる。つまり、Ｋは先生が〈進んで可い〉を選ぶことが分かっていて、この二つの選択肢を並べたことになる。いや、分かっていたというのは正確ではあるまい。Ｋは先生に〈進んで可い〉と言わせるためにこの二者択一を提示したのである。そして、Ｋにはそれを語る先生の口調までが分かっていた。〈その頃から御嬢さんを思っていた私は、勢いどうしても彼に反対しなければならなかった〉とあるから、それを主張する先生の口調は真剣で力がこもっていたに違いない。この時、Ｋは先生のいつもの〈批判〉を何としても聞きたかったのである。

Ｋは恋に迷っていたから先生に〈批判を求め〉たのではない。自分の恋に結論を出すことができたから、先生の〈批判を求め〉たのである。ただし、Ｋが求めた〈批判〉とはアドバイスではなく、恋についての先生の日ごろの力強い主張であった。

Ｋはなぜそんなことを先生に期待したのか。考えられる可能性は一つしかない。静との恋に進むことを決断したのに、どうしても踏み出せなかったからである。これまで何でも自分の決めた通りにやってきたＫにとって、こんな経験は初めてだったに違いない。どうしてよいか分からなくなったＫは、考え抜いた末に、恋に対する先生の言葉に打開策を見出す。すなわち、日ごろの力強い言葉で先生に背中を押してもらえば、恋に踏み出すことができる。それが恋に進める唯一の方法だと考えたのである。

Kはもちろん、先生の激励が確実に、しかも簡単に得られると考えていた。Kは自分の恋を先生が次のように見ていると信じていたからである。「先生は自分の恋を応援しているだけでなく、恋に積極的になれない自分を歯がゆく思っている」あまりに都合のよい確信であるが、Kがこう考えていたと断定する根拠は次の第三章で提示する。

四十において先生は、Kの言葉の意図をことごとく誤解している。その最たる部分を引用してみよう。

　私がKに向って、この際何んで私の批評が必要なのかと尋ねた時、彼は何時もにも似ない悄然とした口調で、自分の弱い人間であるのが実際恥ずかしいと云いました。そうして迷っているから自分で自分が分らなくなってしまったので、私に公平な批評を求めるより外に仕方がないと云いました。

Kは恋に進む決意をしたにもかかわらず、どうしても恋に踏み出すことができなかった。ここでは、自分が踏み出しさえすれば恋が成就すると、Kが確信していたことが重要である（静が思わせぶりな素振りを再三見せたために、Kは静に愛されていると確信したのだが、そう断定する根拠も第三章で提示する）。これまで決めたことは何でも実行してきたのに、どうして今回は動けないのか、Kはそんな自分が分からなくなってしまったのだろう。〈迷っているから自分で自分が分からなくなってしまった〉は、そんな状態を言った言葉である。そして先生の助けがなければ恋に進めない惨めさから、彼の口調は〈悄然とした〉ものになり、そんな自分を〈弱い人間〉であり〈恥ずかしい〉と感じた。また、彼が求めた〈公平な批評〉とはおそらく、自分に遠慮しない批評といった意味だろう。「俺に気兼ねすることなく、お前の本音を言ってくれ」というのが、おそらくその意味である。

Kの真意が分かれば、四十に見られたこれ以外の不可解な点も簡単に説明できる。図書館で話しかけてきたKが〈落付き払って〉いたのは、これでようやく恋に進むことができると安堵したからに違いない。さらに、〈どう思う〉と言えば、それだけで先生が日ごろの主張を繰り返してくれるものと信じていたから、自分からはそれ以上何も言わなかったのである（こう断定する根拠も第三章で提示する）。

〈退ぞこうと思えば退ぞけるのか〉という言葉を聞いてKが苦しみ出した理由は、もう明らかだろう。恋に進めるという期待が最高潮に達した瞬間、確信とは真逆のあり得ない言葉を聞かされたからである。この瞬間、Ｋの恋が成就する可能性は消滅したことになる。「それくらいでなぜ諦めてしまうのか」と思うかもしれないが、先生の激励以外に方法が存在しないのであれば、恋の可能性は消えるしかない。

Ｋの気持ちの動きを確認してみよう。先生と二人きりになれば、すぐにでも激励の言葉が得られると確信していたのに、先生は激励どころか自分の意志の弱さを遠まわしに批判してくる。Ｋはさすがに気落ちするが、話の流れの中で激励の言葉を誘導することに偶然成功してしまう。この瞬間、Ｋの期待は二つの意味で最高潮に達したことになる。夢のような恋の扉が開かれると同時に、恋に進む決意を表明することで先生の批判にも答えられるからである。だが、先生から返ってきたのはそんな期待とは真逆の残酷な言葉であった。期待が大きければそれだけ裏切られた衝撃は激しい。その苦痛は〈苦しい〉という声と苦しそうな表情にはっきりと表れている。

だが、Ｋの衝撃はこれで終わりではなかった。あの〈精神的に向上心のないものは、馬鹿だ〉という言葉が、打ちのめされていたＫに残酷な追い討ちをかける。この言葉の与えた衝撃を検証していこう。

〈精神的に向上心のないものは、馬鹿だ〉の意味するもの

この言葉にKは激しい衝撃を受けるが、その衝撃がこの言葉と釣り合っていないこと、さらに、先生の言う過去の事情を考慮しても納得のいく説明の得られないことは既に述べた通りである。

〈精神的に向上心のないものは、馬鹿だ〉という言葉は、無口なKには不似合いのきつい言葉であり、彼の発言の中にこれほど攻撃的で侮辱的なものは他に見当たらない。Kは一体どんな意図でこの攻撃的な言葉を発したのだろうか。Kがこれを房州旅行で口にしたことは既に確認しているが、この言葉に込められた特別な意味を知るためには、さらに時間をさかのぼる必要がある。

少々唐突な質問をしてみよう。Kは先生から快適な住居と食事を提供してもらっているのに、なぜ少しも感謝しなかったのだろう。

下宿に同居する以前のKの生活の様子を先生は次のように語っている。〈彼の今まで居た所は北向の湿っぽい臭のする汚ない室《へや》でした。食物《くいもの》も室相応に粗末でした。〉（下二十三）この部屋でKが食事をする光景を想像して辛くなるのは、私一人ではあるまい。これまでのKの生活

に比べたら、下宿での新しい生活はまさに天国だったはずである。いくら鈍感だったとしても、先生が自分の食費を出していることにKが気付かぬはずはないのだが、Kは引け目を感じるどころか、先生を見下すような言動をたびたび取っている。こんな状況にあっても、先生を自分と対等かそれ以下だと思っていたからだろう。Kはなぜこれほど傲慢でいられたのか。

ただし、下宿でのKの態度が不可解なのはそれだけではない。下宿での快適過ぎる暮らしは、Kのポリシーと相容れないからである。先生がKに同居を提案した当初、彼は次のように言って同居を断っている。

　Kはただ学問が自分の目的ではないと主張するのです。意志の力を養って強い人になるのが自分の考だと云うのです。それにはなるべく窮屈な境遇にいなくてはならないと結論するのです。（下二十二）

Kが目指していた道の実態は不明だが、それが禁欲的な厳しい修養を前提としていることは間違いない。快適過ぎる下宿での生活は、道にとって障害となるはずなのに、Kは何の抵抗もなく新しい生活に馴染んでしまう。道と快適な生活との矛盾に、Kはどうやって折り合いをつけていたのだろうか。

実は、Kがこのような不可解な態度を取ったことには、はっきりした原因がある。それはKを下宿に同居させるために先生がついた一つの嘘である。その嘘が出てくる経緯を確認してみよう。

医者の養子であるKは、進路変更したことを隠して養父母に学費と生活費を送らせていた。養父母を騙していたことになるが、そんな裏切りに対してKが罪悪感を抱くことはない。Kにとって進路変更は、道の追究のために必要なことだったからである。Kは三年目の夏にその事実を養父母に手紙で明かし、養家と実家の双方から勘当されてしまう。経済的支えを失った彼は、夜は夜学の教師、昼は猛勉強という過酷な生活を続けていくが、さすがに一年半もすると精神面での不安定が目立ち始める。見かねた先生が自分の下宿に同居することを提案するが、案の定、Kはまるで聞く耳を持たない。Kを放っておけない先生はとうとう次のように言ってKを説得する。

> 最後に私はKと一所に住んで、一所に向上の路を辿《たど》って行きたいと発議《ほつぎ》しました。私は彼の剛情を折り曲げるために、彼の前に跪《ひざ》まずく事を敢てしたのです。そうして漸《やっ》との事で

彼を私の家に連れて来ました。　　　　　　　　　　　　（下二十二）

それまで強硬に拒んでいたKが先生の提案を受け入れたのは、この〈発議〉が本気の言葉であると信じたからだろう。つまり、先生が自分と同じ道を目指していると信じて同居を始めたわけである。普通の人間ならば、先生の〈発議〉が本心でないことくらい簡単に見抜くだろうが、Kは他人の気持ちを推し量れる人間ではない。Kにとっての先生は、自分を助けてくれる恩人ではなく、一緒に暮らしながら〈向上の路〉を目指す同志なのである。当然二人の関係は対等である。いや、道の先輩である自分に、道のための同居を願い出たのだから、Kは先生を後輩と思っていたに違いない。そして、先生が自分を必要としている以上、食費の負担くらい当然だと思っていたのだろう。贅沢過ぎる暮らしについては、「自分にとってはマイナスだが先生のために我慢してやろう」といった意識だったのではあるまいか。

ここで重要なことは、先生も自分と同じように道を目指しているとKが信じていたことである。「房州旅行の際にKが口にした〈精神的に向上心のないものは馬鹿だ〉という侮蔑的な言葉は、この確信を前提としている。

先生は〈一所に向上の路を辿って行きたい〉と言ったものの、道を追究する気持ちなどさらさらない。先生にとっては当然のことだが、Kにはそんな先生が歯がゆくて仕方なかったはずである。先生と房州を旅していた時、Kのその気持ちがとうとう爆発してしまう。それが〈精神的に向上心のないものは馬鹿だ〉という言葉だったのである。日蓮に興味を示さなかったくらいで、Kがこれほど攻撃的な発言をするとは考えにくい。苦行のような房州旅行で疲弊した神経に、日蓮の一件でのストレスが加わったことで、溜まりに溜まっていた先生への不満や苛立ちが爆発したのである。「一緒に道を目指すと言いながら、向上心のないお前はあまりに情けない」この言葉はそんな気持ちの噴出である。

これは、Kが先生に発した中で最も侮蔑的で攻撃的な言葉だったのだろう。だから先生はこの言葉を忘れることが出来ず、あの場面でこれをKにぶつけた。先生にとってこの言葉は、Kの発した最も攻撃的な言葉という意味しか持ってはいない。だが、Kはこの言葉に、道への姿勢に対する厳しい非難を込めていた。

〈精神的に向上心のないものは、馬鹿だ〉という言葉に激しい衝撃を受けたのは、この言葉がKの欠点を鋭く突いていたからである。信じがたいことであるが、恋に有頂天になってしまったKは、あれほど大事な道をすっかり忘れていたのである。いや、忘れていたというのは適切な表現ではあるまい。おそらく、忘れてはいないものの、道に対して上の空（意識が全く向かわない状態）になっていた。彼は何の葛藤もないまま恋に進む決意をしていたに違いない。それほどKは恋に溺れ、有頂天になっていたのである。

道はKにとって何より重要なものであり、彼は過激なほどストイックに道を追い求めてきたから、この豹変には納得しかねる読者もいるだろう。この豹変を受け入れるには、Kが恋に溺れた理由を知る必要がある。Kが静への恋に溺れたのは次のように確信したためである。「自分さえ踏み出せば、静との夢のような恋が必ず成就する」そして静は、Kにとって最高に魅力的な女性であった。Kが恋に落ちた経過は次の第三章で検証してみたい。

さて、先生が〈精神的に向上心のないものは、馬鹿だ〉と繰り返した時、Kは自分の犯した過ちに初めて気付く。ただし、自分と先生の主張を二者択一の形で並べているのだから、恋が道の妨げになるという日ごろの主張を忘れてしまった訳ではない。もちろん道のことも忘れてはいまい。忘れてはいないが、道に対して上の空になっていたのである。

Kの思考は支離滅裂のようにも見えるが、次のように考えれば納得できる。人が調子に乗って悪さをするのは、その行為が悪であることを忘れてしまったからではない。悪いと分かってはいるものの、そんなことはどうでも良いと思ってしまうのだ。そして、誰かの強い叱責によって善悪の感覚を取り戻した時、自分の愚かさに気付いて愕然とする。誰でもこんなことを一度は体験しているだろう。そして「どうでも良い」と思うのは、集団心理が働くような気分が高揚した時である。Kは静への恋で気分が高揚したことによって、あれほど大切な道に意識が向かわなくなっていたのである。

自分の口調を真似て〈精神的に向上心のないものは、馬鹿だ〉と言われた時、かつて先生にぶつけた非難をそのまま返されたとKは感じただろう。Kは深く恋に溺れていたが、この言葉は彼を瞬時に目覚めさせる強烈な力を持つはずだ。そして目覚めた瞬間、自分がいとも簡単に道を捨ててしまった事実にKは慄然としたに違いない。

もちろん、この言葉に込められた先生の非難と侮蔑も感じただろうが、この局面においては先生の気持ちなど、もはや問題ではない。道を放棄してしまったことは、自分の存在基盤を自ら否定したことを意味するからである。これはKの人格を破壊するほどの力を持ち得るはずである。

この衝撃がKの歩みを止め、地面を見詰めたまま動けなくしたのである。〈馬鹿だ〉〈僕は馬鹿だ〉という悲痛な声は、自分の過ちのあまりに大きさに慄然とするうめき声に他ならない。

Kの自殺未遂

しかし、そんなKの衝撃が全く分かっていない先生は、明らかに異変の起こっているKにさらなる攻撃を加える。先生の容赦ない攻撃を引用してみよう。

『もうその話は止めよう』と彼が云いました。彼の眼にも彼の言葉にも変に悲痛なところがありました。私は一寸挨拶が出来なかったのです。するとKは、『止めてくれ』と今度は頼むように云い直しました。私はその時彼に向って残酷な答を与えたのです。狼が隙を見て羊の咽喉笛に食《くら》い付くように。

『止めてくれって、僕が云い出した事じゃない、もともと君の方から持ち出した話じゃないか。然し君が止めたければ、止めても可いが、ただ口の先で止めたって仕方があるまい。君の心でそれを止めるだけの覚悟がなければ。一体君は君の平生の主張をどうする積りなのか』

私がこう云った時、脊の高い彼は自然と私の前に萎縮して小さくなるような感じがしました。（中略）すると彼は卒然『覚悟？』と聞きました。そうして私がまだ何とも答えない先に『覚悟、――覚悟ならない事もない』と付け加えました。彼の調子は独言《ひとりごと》のよう

（下四十二）

でした。又夢の中の言葉のようでした。

先生にKの状態が全く分かっていないことは、たとえば〈狼が隙を見て羊の咽喉笛に食い付くように〉という比喩から明らかである。Kはこの時、自分が崩壊してしまいそうな恐怖を感じていたに違いない。「あと一言でも激しい言葉を浴びせられたら、自分は崩れてしまう」そんな恐怖を感じたから〈止めてくれ〉と頼むように言ったのだろう。この時Kは〈隙〉を問題にできるような段階は完全に通り越していた。

だが、Kの状態が分からない先生は、ここぞとばかりに痛烈な非難をぶつける。先生の非難は簡潔で的確にポイントを突いているが、非難の内容はもはや問題ではなかった。〈脊の高い彼は自然と私の前に萎縮して小さくなるような感じがしました〉という描写からは、先生の言葉によってゆっくりと崩壊していくKの姿が見えるようである。もしも先生の言葉を理解できていれば、Kの反応はもっとメリハリのあるものになっていたに違いない。この時Kは、言葉すら満足に理解できない状態に陥っていたのである。

だが、そんな状態の中で、Kは〈覚悟〉という言葉だけを聞き取ることができた。〈覚悟〉という言葉に〈?〉が付いているのは、この言葉の出てきた文脈が理解できていないからだろう。それにもかかわらず、この言葉はあることを彼に決心させてしまう。それを口にしたのが、〈覚悟、――覚悟ならない事もない〉という言葉である。

覚悟という言葉の一般的な意味、そして〈覚悟ならない事もない〉という二重否定の重々しい言い方などから、それが重大な決意であったことは明らかである。その日の深夜、Kは自殺を試みたと考えられる。

Kと先生との論争を思い出して欲しい。Kにとって恋は道と対極の位置にあり、あらゆる恋が道の妨げであった。恋のために道を捨ててしまった「決意」は、Kにとってあまりに重い。この「決意」は、現在の堕落ばかりでなく、将来の可能性までを悟らせてしまう重みを持つからである。「恋のために簡単に道を捨ててしまった自分に、道を究めることなど絶対に不可能だ」Kはこう考えて当然である。自分には道を究められないことを、自ら「証明」してしまったのである。

Kにとって道は人生の全てであった。道を極められる可能性が皆無であると悟った後で、人生に生きる価値を見出すことができるだろうか。自分に厳しいKの性格を考えれば、〈覚悟〉という言葉が、自殺の決意を意味していた可能性は極めて高いと考えられる。

さらに、この日の深夜にKが自殺を試みたことを示す状況証拠が本文に残されている。この日の晩、Kに対する勝利に満足した先生は穏やかな眠りにつくが、真夜中に自分の名前を呼ぶKの声に起こされる。その箇所を引用してみよう。

私は程なく穏やかな眠に落ちました。然し突然私の名を呼ぶ声で眼を覚ましました。見ると、間の襖《ふすま》が二尺ばかり開《あ》いて、其所にKの黒い影が立っています。そうして彼の室には宵の通りまだ燈火《あかり》が点いているのです。急に世界の変った私は、少しの間口を利く事も出来ずに、ぼうっとして、その光景を眺めていました。

その時Kはもう寐《ね》たのかと聞きました。Kは何時でも遅くまで起きている男でした。私は黒い影法師のようなKに向って、何か用かと聞き返しました。Kは大した用でもない、ただもう寐たか、まだ起きているかと思って、便所へ行った序《ついで》に聞いて見ただけだと答えました。Kは洋燈《ランプ》の灯を脊中に受けているので、彼の顔色や眼つきは、全く私には分りませんでした。けれども彼の声は不断よりも却って落ち付いていた位でした。

（下四十三）

たわいのないやり取りのようにも見えるが、真夜中に襖を開けて眠っている先生の名を呼ぶというのは、ただごととは思えない。それに〈黒い影法師のようなK〉の姿はどことなく不気味である。

この場面を自殺未遂と考えるか否かは研究者の間でも意見が分かれているが、自殺未遂と考える石原千秋氏はその根拠として、〈見ると、間の襖が二尺ばかり開いて〉を重視する。「先生と遺書」の中で二人の部屋を隔てる襖が開かれるのは、恋の告白の時、自殺の晩、そしてこの場面の三回しかないからである。(1) ちなみに、死んでいるKを発見した朝、Kの部屋に目をやった先生は真っ先にこの襖の類似に意識を向けている。〈見ると、何時も立て切ってあるKと私の室との仕切の襖が、この間の晩と同じ位開いています。〉（下四十八）襖の類似にこだわったこの叙述には、二つの場面を結び付けようとする漱石の意図を読み取るべきではないだろうか。

さらに、Kは燈火を点けたままで自殺をしており、この場面でKの部屋に〈まだ燈火が点いて〉いた点も自殺の晩と共通している。

道を捨ててしまった「決意」の重大性、〈覚悟、――覚悟ならない事もない〉という重々しい言葉、自らに厳しいKの性格に加えて、これだけの状況証拠が揃っていれば、Kがこの晩自殺を試みたと断定して間違いあるまい。

Kが本当の自殺をするのはこの約二週間後である。「Kはこの後も自殺の意志を持ち続け、先生の裏切りをきっかけにその気持ちが再燃して自殺を実行した」このように考えられれば自殺の動機は簡単であるが、残念ながらその可能性はない。本文にはこの可能性を否定する明確な根拠が残されているからである。Kの自殺を説明するためには、新たな動機を見つけ出さねばならない。Kの自殺の動機は極めて複雑である。自殺の動機を考えるためには、彼が静に恋をした経緯を明らかにしておく必要があるので、次の第三章ではこの点を明らかにしたい。

注

（1）石原千秋『反転する漱石』（青土社、一九九七年（一七四〜一七五ページ））

第三章　Kはなぜ自分の恋を告白したのか

Ｋはアドバイスを求めて告白したのか

Ｋの恋の告白はあまりに唐突である。Ｋはこれまで恋とは無縁の生活を送ってきた上に、先生に悩みを打ち明けることなど皆無だったから、突然の恋の告白はほとんど暴挙のように見える。常識的に考えれば、恋に悩んだＫが先生の助言を求めて告白したと思いたくなるが、本文にはこの可能性を否定する明確な根拠が残されている。

突然の告白は先生にとって青天の霹靂であり、その時の衝撃は、体が〈石か鉄のように〉固くなり、〈呼吸をする弾力性さえ失われた位に堅くなった〉（下三十六）と書かれている。

では、この告白の中でＫは先生にどんな話をしたのだろう。告白の動機を考えるためには告白内容についての情報が不可欠であるが、先生はＫの発言を何一つ書き留めていない。〈彼の重々しい口から、彼の御嬢さんに対する切ない恋を打ち明けられた時の私を想像して見て下さい。〉（下三十六）というのが、告白内容について書かれた全てである。あまりの衝撃で、先生にはＫの言葉が聞こえなくなっていたのだろう。さらに、先生にはＫの様子を観察する余裕もなかったと見えて、告白するＫの表情やしぐさなども書かれていない。Ｋの様子について書かれているのは、わずかに彼の口調だけである。それを書いた箇所を、先生の様子を含めて引用してみる。

私は苦しくって堪《たま》りませんでした。恐らくその苦しさは、大きな広告のように、私の顔の上に判然《はっき》りした字で貼り付けられてあったろうと私は思うのです。いくらKでも其所《そこ》に気の付かない筈はないのですが、彼は又彼で、自分の事に一切を集中しているから、私の表情などに注意する暇がなかったのでしょう。彼の自白は最初から最後まで同じ調子で貫ぬいていました。重くて鈍《のろ》い代りに、とても容易な事では動かせないという感じを私に与えたのです。

（下三十六）

Kの様子を伝える言葉はわずかであるが、ここには重要な情報が含まれている。告白を聞かされた時、先生の苦しさは〈大きな広告のように〉はっきり顔に出ていたという。いくらKが鈍感だったとしても、先生に多少の注意を払っていれば、先生の言うとおり異変を見落すことはなかっただろう。だが、Kは先生の異変に全く気づいていない。先生に注意を向けることなく、一方的に告白を続けていたからである。告白の動機を考える上でこの事実は非常に重要である。

一般論として、自分の恋を友人に告白をする時の動機を考えてみよう。恋を友人に打ち明ける動機にはどんなものが考えられるだろうか。思いつくものを箇条書きで列挙してみる。

・助言　友人の感想・アドバイスが欲しい。
・応援　恋に積極的になれるよう応援して欲しい。
・牽制　友人が恋のライバルにならないよう、先に宣言して牽制する。
・整理　友人に話すことで混乱した気持ちや考えを整理したい。
・同情　つらい恋に同情して欲しい。
・吐露　今の恋が苦しくて気持ちを吐き出さずにはいられない。

これくらいあれば告白する動機はほぼカバーできるのではないか。Kにこれらが当てはまるかを個別に検討していこう。

この中で最も可能性が高そうに見えるのは、感想やアドバイスを聞きたいという助言であるが、Kにこの可能性はない。助言を求めて告白したのなら、先生が自分の告白をどんな気持ちで聞いているのか、先生の反応を気にしたはずだからである。Kが先生の様子に注意を払っていなかったことから、助言を求めての告白ではなかったことが分かる。そしてこのように考えると、ここにあげた選択肢の大半が消えることとなる。まず消えるのは、先生の好意的な反応に期待する応援と同情だろう。さらに、先生がライバルにならぬように先手を打つ牽制も外れる。策略を実行しようとすれば、助言の場合以上に相手の反応を注意深く観察するはずだからである。もっとも、牽制という可能性はKの様子を確認するまでもなく、Kの性格を考えれば真っ先に排除される選択肢かもしれない。

では、自分の気持ちや考えを整理したいという整理の可能性はどうか。自分の恋について必死に考えていく内に、目の前の相手を忘れてしまうことは十分に考えられる。だが、この選択肢は〈最初から最後まで同じ調子〉というKの口調から否定される。混乱した頭を整理しながら話していけば、話は進んだり止まったりをくり返していくはずだからである。

残る選択肢は自分の苦しい気持ちを吐き出したいという吐露である。〈最初から最後まで同じ調子で貫ぬいていました〉という口調に苦しさは感じられず、さらに告白前のKの様子もこの可能性を否定する。告白の直前、Kは襖を開けて先生の部屋に入ってくると、静と奥さんについてあれこれ質問を始めるが、その質問は当たり障りのないものばかりで、質問をするKに苦しそうな様子は見られないからである。したがって吐露という選択肢も消えてしまう。

Kの告白に、一般論として考えられる動機はどれも当てはまらないことが分かる。

告白後のKの変化

告白の動機を探るには新たな視点が必要である。ここでは告白前後のKの様子に注目してみたい。告白前と告白後のKを比較して、そこに何らかの変化があれば、それが手がかりとなるかもしれない。

実は、先生に告白をした日、Kがそれ以前ならあり得なかった反応を見せる箇所がある。その晩、夕食の席についた先生とKはいつになく寡黙であった。その様子を不審に思った奥さんと静が二人に順番に声をかけてくる。次の引用は静の言葉に対するKの反応である。

Kの唇は例のように少し顫《ふる》えていました。それが知らない人から見ると、まるで返事に迷っているとしか思われないのです。御嬢さんは笑いながら又何かむずかしい事を考えているのだろうと云いました。Kの顔は心持薄赤くなりました。（下三十八）

Kが顔を〈心持薄赤く〉した事実が重要である。これは静に対する恋心の表れと素直に考えていいだろう。こんなことを書くと、「Kは静への恋を告白したのだから、そんなことは当たり前だ」と思うかもしれない。だが不思議なことに、これ以前のKにはこのような反応が一切見られないのである。

静の思わせぶりな言動にKが無反応だった理由

先生は静をめぐる三角関係に苦しみ続けた。静が先生を嫉妬させる言動を繰り返したからであり、先生はその苦しさを事細かに書き残している。

Kを同居させてしばらくすると、静はKの部屋を頻繁に訪ねるようになる。最初のうちこそ先生への気兼ねが感じられたものの、彼女がKを訪れる頻度は次第に増していく。だが、先生を嫉妬させる彼女の行動は部屋を訪ねるだけでは終わらなかった。十一月のある日、先生は、Kと静が連れ立って歩いているところに出くわしてしまう。雨上がりのぬかるんだ裏通りを進んでいくと、先生は向こうから来たKと鉢合わせになる。その道は雨水で冠水しており、人々は真ん中の〈細い帯〉のように盛り上がったところを一列になって歩いていた。その細い帯の上でKと鉢合わせになった先生は、まさか彼の後ろに静がいるとは思わず、Kに声をかける。

私はKに何処《どこ》へ行ったのかと聞きました。Kは一寸《ちょっと》其所《そこ》までと云ったぎりでした。彼の答えは何時もの通りふんという調子でした。Kと私は細い帯の上で身体を替《かわ》せました。するとKのすぐ後に一人の若い女が立っているのが見えました。近眼の私には、今までそれが能く分らなかったのですが、Kを遣り越した後で、その女の顔を見ると、それが宅の御嬢さんだったので、私は少からず驚ろきました。御嬢さんは心持薄赤い顔をして、私に挨拶をしました。

（下三十三）

静とKの反応は対照的である。静が〈心持薄赤い顔をして、私に挨拶を〉したのに対して、Kは〈何時もの通りふんという調子〉だったという。静が顔を赤らめたことから、彼女がKに恋をしていたようにも見えるが、この状況ならば恋心の有無にかかわらず、ばつの悪さと気恥ずかしさから顔を赤らめて当然だろう。不自然なのはKである。静と連れ立っているところを文字通り目の前で目撃されながら、いつもと少しも変わらぬ態度でいられるのだから。

だが、この日の静の「暴走」はこれで終わりではなかった。その夜の食卓で、先生が静に「Kと一緒に出かけたのか」と問いただそうとすると、彼女から予想外の攻撃をくらってしまう。

するとお御嬢さんは私の嫌な例の笑い方をするのです。そうして何処へ行ったか中《あ》てて見ろと仕舞に云うのです。

（下三十四）

Kとの親密な関係をひけらかすような発言である。美しい女性からこんな形で好意を示されて、甘美な喜びを感じない男がいるだろうか。この局面で完璧なポーカー・フェースを決め込むことは相当難しいと思うが、Kの様子は〈寧《むし》ろ平気でした〉と書かれている。

そして、この「事件」から二月も経たないうちに、先生にとってさらに大きな事件が起こる。正月の歌留多遊びで、静がKを露骨に贔屓《ひいき》して、先生を爆発寸前になるほど嫉妬させてしまうのである。

（筆者注　静は）それから眼に立つようにKの加勢をし出しました。仕舞には二人が殆んど組になって私に当るという有様になって来ました。私は相手次第では喧嘩を始めたかも知れなかったのです。幸いにKの態度は少しも最初と変りませんでした。彼の何処にも得意らしい様子を認めなかった私は、無事にその場を切り上げる事が出来ました。

（下三十五）

これまでKは何度か先生を出し抜く形で静の好意を勝ち得てきたが、この事件はそれまでの流れをさらに強めるものである（Kと静が組みになって先生と戦ったのだから）。Kにとっては、先生に対する勝利を確信せずにはいられない事件となるだろう。美しい女性からの好意、ライバルに対する勝利の確信は、どちらも抗しがたい魅力を持つはずである。だが、この場面においてもKの様子に変化は認められない。Kがいかに穏やかだったかは、爆発寸前の先生を鎮めた事実が雄弁に物語っている。

第一章の注で確認したとおり、Kは自分の感情を隠せない体質である。それはたとえば、先生の言葉を聞いて苦しみ出した事実、あるいは静の言葉で顔を赤らめた事実などから明らかである。したがって、これらの場面において、Kが感情を押し殺して平静を装っていたとは考えにくい。あるいはこれに近い選択肢として、強い精神力で静の好意を無視し続けていた、という可能性が存在するかもしれない。だが、静に対するKの態度はあまりに自然で、彼女を意識的に無視していたと感じさせる箇所はない。Kの無反応はもっと自然な理由から来ていると考えるべきである。

自分に積極的に好意を示してくる異性がいれば、誰でも気になるものである。ただし相手が児童や老人だったとしたら、その気持ちを嬉しいと感じても、ときめくことはないだろう。相手を異性として意識できないからである。静に対するKの意識もこれと同じだったのではないか。

Ｋは道の追究だけが人生の目的であると考え、恋愛は道の妨げにしかならないと信じてきた男である。恋愛を意識的に遠ざけ、自分が恋をする可能性を完全に否定してしまえば、恋愛対象になり得る女性は存在しないことになる。Ｋが静の好意に無反応だったのは、感情を押し殺していたためではなく、おそらく彼女を異性として意識できなかったからである。

Ｋはなぜ静に恋したのか

では、異性として意識できなかった静を、Ｋはどうして好きになったのだろう。その原因はおそらく静の魅力である。静の圧倒的な魅力が、女性に対する分厚い壁を破壊してしまったのである。静が異性として無視できない存在になった時、彼女は強烈な魅力を発する女性としてＫの前に立ち現われたに違いない。

Ｋにとっての静の魅力を確認してみよう。美人であること、そして会話が巧みなことが静の大きな魅力である。彼女の「会話術」を感じさせる箇所を引用してみる。

その日は時間割からいうと、Ｋよりも私の方が先へ帰る筈になっていました。私は戻って来ると、その積りで玄関の格子をがらりと開けたのです。すると居ないと思っていたKの声がひょいと聞こえました。同時に御嬢さんの笑い声が私の耳に響きました。

（下三十二）

静がKの言葉を笑いで受け止めているのが分かる。笑いは好意を感じさせるとともに、相手のどんな言葉も肯定的に受け止める万能の反応である。Kがどんなに口下手だったとしても、笑いで応じてくれる静が相手であれば、二人の会話は楽しく盛り上がったに違いない。そんな静が先生の留守を狙うようにして自分を訪ねてくるのだから、静は自分との会話を楽しみ、それを待ち望んでいるように見えたことだろう。

だが、Kに対する静の好意は、こんな穏やかなレベルでは終わらなかった。既に確認したように、静がKに対して見せてきた数々の好意は、過激なほどにあからさまである。静を異性と思えなかったとしても、彼女が自分に強い好意を持っていることを、Kは間違いなく感じていたはずである。いや、Kは自分に対する静の気持ちを、単なる好意ではなく恋愛だと確信してしまう。人は自分を愛してくれる異性に惹かれるものである。静がもともと持っていた魅力に、自分を愛しているという確信が加わったことで、Kの中にあった分厚い壁が破壊されたのである。

静に愛されていると K が確信していたことは、恋に対する K の悩みを確認すれば明らかである。先生と K はともに静への恋に悩んでいたが、二人の悩みはそのポイントがまるで違う。先生は静が自分をどう思っているかに悩んでいたが、K には静の気持ちに悩んだ形跡がない。この事実は、たとえば先生に恋心を告白する直前の場面で確認できる。K は自分の気持ちを告げるために先生の部屋に入ってくると、静と奥さんの話をいきなり始める。

K は中々奥さんと御嬢さんの話を已めませんでした。仕舞には私も答えられないような立ち入った事まで聞くのです。私は面倒よりも不思議の感に打たれました。(下三十六)

ここでは、静と奥さんについて〈立ち入った事〉を質問された先生が〈不思議の感に打たれ〉た点が重要である。もしも K の質問が静の内面や恋愛観などに及んでいれば、先生の感想がこんなに穏やかであるはずはない。K は静についてあれこれ尋ねたものの、静の気持ちを探るような質問は一切していなかったことが分かる。静に愛されていることを確信していたから、彼女の内面を探る質問が出てこなかったのである。もしも静の気持ちに不安を抱いていれば、質問を重ねていく中でそれを探るような問いが必ず加わったはずで、先生がそれを見逃すことはなかったはずである。

Kはいつ静に恋したのか

Kの恋については、第一章に書いた時間の問題がまだ残っている。Kの無関心が最後に確認できる正月の歌留多から告白までの間が、二・三日しかないという問題である。すなわち、二・三日の間にKの中で次の全てが起こったことになる。

・静を異性として意識する。
・静に恋をする。
・自分の恋を先生に告げる決意をする。
・先生に告白する。

Kは静を異性として意識した瞬間に、静に対する強い恋心を自覚したと考えられる。だがそうだとしても、わずか二・三日の間に、先生に告白する決意を固め、それを実行に移す手早さは

Kの性格にそぐわない。

ただし、告白の時間をめぐる問題はこれだけではない。二・三日という時間は、告白の内容とも矛盾してしまうのだ。先生が書き残した告白内容を再度引用してみよう。

　彼の重々しい口から、彼の御嬢さんに対する切ない恋を打ち明けられた時の私を想像して見て下さい。（下三十六）

先生はKの恋を〈切ない恋〉と書いている。〈切ない恋〉という言葉は、片想いがある程度の期間持続することが条件であり、それが二・三日の恋ならば、どんなに激しい恋であってもこの言葉は使えない。

〈切ない恋〉の問題は一見難しそうだが、次のように考えれば問題ない。Kは以前から静に強く惹かれていたが、恋を自分から遠ざけていたためにその気持ちを自覚することができず、静を異性として意識した時、自分が静に惹かれていた事実にようやく気付く。これがKの〈切ない恋〉である。

二・三日という時間の問題の中で難しいのは、告白する意志を固めた早さ、そしてそれを実行した素早さである。これは告白の動機と一体の問題であり、動機が明らかにならない限りこの問題は解決されないだろう。Kには、告白を急がねばならない特別な理由でもあったのだろうか。

先生が恋のライバルになる可能性を考えなかった理由

Kは、先生が恋のライバルになる可能性を想像すらしていない。告白の動機を考える前にこの理由について考えてみたい。先生が恋のライバルになることを想像しない感覚は常識的には考え難いが、二つの方向から考えることでKの気持ちを理解することができる。一つは先生を自分より下だと思っていたこと、もう一つは、静が自分に恋していることを先生も了解済みと思っていたことである。

Kは道の追究だけを目指し、それ以外のものには一切の価値を認めない偏った信念の持ち主である。だとすれば、Kは人間の評価もこの観点からしか行えなかったと考えられる。たとえば、Kは養父母に内緒で進路を変更し、彼らを騙す形で学費を送らせ続けていたが、これほどの裏切りに対して少しも罪悪感を抱いていない。自分の目指している道が、養父母には理解できない高みであると信じていたからだろう。

だが、先生に対する評価は、養父母に対するよりもずっと厳しかったと想像される。先生は〈一所に住んで、一所に向上の路を辿って行きたい〉と言いながら、少しも道に進もうとしなかったからである。Kから見た先生は、道の価値を知りながらそれを平然と無視していられる、理解しがたいほどに向上心の欠如した男なのだ。Kがそんな先生を下に見るのは当然である。自分より劣った人間はライバルになり得ない。先生との三角関係を全く予想しなかった第一の理由はこれである。

もう一つの理由は、静がKに示し続けた好意の数々である。既に述べて来たように、静はKに対する好意をたびたび先生に見せつけて来た。「静が俺を愛していることは先生も了解済みのはずだ」Kがこう思うのは無理のないことである。相手を下に見ていた上に、この思い込みが重なれば、Kでなくても先生が恋のライバルとなる可能性は考えられなくなるだろう。

先生に自分の恋を告白した理由

さて、Kの告白に常識的に考えられる動機がどれも当てはまらないことは、既に確認している。告白の動機は確かに難問であるが、これも本文にはっきりと書かれている。告白の動機が書かれているのは次の場面であるが、例によって巧妙なカムフラージュが施されている。

告白を聞いた先生は、Kが静や奥さんにも告白することを恐れる。その恐怖に耐えきれなくなった先生は、ある日「奥さんや御嬢さんにも打ち明けたのか」とKを問いただす。Kはまだ誰にも話していないと答えるが、それでも安心できない先生は、さらに踏み込んだ問いをぶつける。するとKはその問いには一切答えず黙って下を向いて歩きだしてしまう。Kの心が読めない先生は、〈隠し立をしてくれるな〉と頼むように尋ねる。告白の動機はこれに対する答えの中にある。

私は彼に隠し立をしてくれるな、凡て思った通りを話してくれと頼みました。彼は何も私に隠す必要はないと判然《はっきり》断言しました。然し私の知ろうとする点には、一言《いちごん》の返事も与えないのです。（下三十九）

傍線部の〈何も私に隠す必要はないと判然断言しました〉が告白の動機である。Kは何らかの目的を持って告白したのではない。先生に対して〈何も隠す必要はない〉と考えていたから、自分の恋を明かしただけなのだ。そして何も隠さず伝えるためには、告白は恋心を抱いた直後でなければならない。告白の動機は拍子抜けするほど単純である。先生に対するこの「誠実な」

姿勢を、Kは当然のこととして実行していたに違いない。〈判然断言しました〉という強い口調には、ある種の苛立ちが感じられる。〈隠し立てをしてくれるな、凡て思った通りを話してくれ〉という言葉で自分の誠実さを疑われたことが、Kを苛立たせた原因だろう。

では、Kはなぜ先生に何も隠さなかったのだろうか。その理由を書いた箇所は見当たらないが、この背景には〈一所に住んで、一所に向上の路を辿って行きたい〉という、あの言葉があったはずである。「ありのままの自分を伝えることが先生に対する助言になる」Kはそんな風に思っていたのではないか。道の先輩を自認していたKは、彼なりの誠実さをもって自分のありのままを先生に伝えていたのだろう。そこには経済的援助に対するお礼の意味も込められていたはずである。(1)

Kに恋の決断をさせたのは先生である

Kの恋には不可解に見える部分が少なからずあるが、それらは先生にそのように見えただけで、Kの思考と行動はいたってシンプルである。ただし、Kの恋についてはまだ確認すべきところが残っている。それは彼が恋に進むという積極的な決断をしたプロセスである。

先生に告白した段階では、Kは自分の恋の行方についてまだ何も考えていなかった。その気持ちはたとえば、告白の晩のKと先生との会話に表れている。その夜、ショックで眠れない先生が襖越しに、今朝の話について〈もっと詳しい話をしたいが、彼の都合はどうだ〉（下三十八）と聞いてみると、Kからは〈そうだなあと低い声で渋っています〉というのんびりした答えが返ってくる。そして、Kの曖昧な返事はその後も変わらない。先生の言葉を使えば〈生返事〉である。

　Kの生返事は翌日になっても、その翌日になっても、彼の態度によく現われていました。彼は自分から進んで例の問題に触れようとする気色を決して見せませんでした。

（下三十九）

Kは静を好きになったからその気持ちを伝えただけで、それ以上のことは何も考えていなかった。そしてこの問題について話すべきことは全て話してしまったから、もう話すことは何も残っていない。先生の期待するような答えの出てくるはずもないのだが、先生にはこの態度が、何かを隠している〈生返事〉にしか見えない。この〈生返事〉がKの不気味さを助長し、その不安に堪え切れなくなった先生がKの気持ちを問いただしたことは、先ほど確認した通りである。

実は、この時Kの気持ちを探るために先生の発した問いが、Kにとって極めて重要な意味を持ってしまう。その二つの問いを並べてみよう。

ある日私は突然往来でKに肉薄しました。私が第一に聞いたのは、この間の自白が私だけに限られているか、又は奥さんや御嬢さんにも通じているかの点にあったのです。

（下三十九）

私は又彼に向って、彼の恋をどう取り扱う積りかと尋ねました。それが単なる自白に過ぎないのか、又はその自白についで、実際的の効果をも収める気なのかと問うたのです。

（下三十九）

どちらもKにとってはあまりに時期尚早の内容である。生まれて初めて恋心を抱いたKが、静に告白することや〈実際的の効果〉を求めることなどを考えるだろうか。おそらくKは、自分が静と相思相愛であると実感するだけで夢心地だったはずである。だが先生の二つの問いは、Kに想像すらしなかった恋の可能性を教え、さらにあるメッセージを伝えてしまう。

Kには先生がどのように見えていたのか、恋とかかわる点に絞って整理してみよう。まず、静が自分に恋していることは誰の目にも明らかであり、先生も彼女の気持ちを了解していると確信していた。だから、自分が静に恋をしても、先生がそれほど驚くとは思っていない。そして、恋心を告白した直後から先生は自分の気持ちを探り始めるようになり、その「仕上げ」としてこの二つの問いを提示してくる。これらの積み重ねは、Kに次の錯覚（確信）を与えたはずである。「先生は、恋に対する自分の消極的な姿勢を歯がゆく思っており、静や奥さんに告白して〈実際的な効果〉を手に入れるべきだと促している。」

さらに、問いかけの突然のタイミングと〈肉薄〉という口調の強さは、「煮え切らない自分に先生が苛立っている」と感じさせるに十分である。二つ目の問いを聞いた時Kは〈黙って下を向いて歩き出し〉ているが、それは先生の問いかけを無視したからではない。おそらく、恋の新しい可能性について考え始めたからである。先生が不安にかられて発した問いが、完全に藪蛇となってしまったのである。この問いかけがなければ、Kが恋に進む決意を固めることは、おそらくなかっただろう。

図書館で調べ物をしていた先生に、Kが恋についての〈批判〉を求めてくるのは、引用した問いかけのすぐ後である。この時Kが「恋に進め」という激励を先生に期待したのは、自然な流れだったことが分かる。図書館を出た後、Kが先生に向かって〈どう思う〉としか言わなかったのは、この一言を言えば「恋に進め」という力強い言葉が得られると信じていたからである。先生は自分の大胆な決心に驚き、静との恋を祝福してくれるはずだ、Kはそんなことまで考えていたのではないか。

前章で確認した、〈退ぞこうと思えば退ぞけるのか〉という言葉がKを苦しめた背景には、これだけの事実が積み重ねられていたのである。

Kにとって静はどんな女性だったのか。これを改めて確認すると彼女の尋常ではない魅力がよく分かる。生まれて初めて異性として意識した女性は、天性の様々な魅力を備えた上で、自分に対する片想いの好意を大胆に示し続けてくるのだ。これ以上に魅力的な異性が考えられるだろうか。漱石はKにとっての静を、最高に魅力的な女性として造形していたことが分かる。極めて強い自己修練の意志が、最高に魅力的な女性に出会った時に何が起こるか。それを描くことが漱石の狙いだったように思える。Kの「決意」には、『それから』などに通じる恋の業というモチーフを読み取れるはずである。

注

（1）告白の半年ほど前に、Kが先生に自分の興味の対象を明かして驚かせる場面がある。これは何も隠さないことの一つの事例であろう。

普通の人間の立場から見て、彼の方が学生らしい学生だったのでしょう。その上彼はシュエデンボルグがどうだとかこうだとか云って、無学な私を驚ろかせました。（下二十七）

第四章　Kはなぜ自殺したのか

〈精神的に向上心のないものは、馬鹿だ〉という言葉に衝撃を受けたKは、その日の夜に自殺を試みるものの実行はせず、その約二週間後に自殺を遂げる。[1]「自殺を試みた後もKの気持ちに変化はなく、先生の裏切りをきっかけにその気持ちが再燃して自殺を実行した」このように考えられれば簡単だが、『こころ』はそう易々と真相を見せてはくれない。自殺に至るKの心理は非常に複雑である。さらに、Kの自殺をめぐっては「はじめに」に示した決定的な矛盾も残されている。この章では、さまざまな矛盾をはらむKの自殺の真相を解明してみたい。自殺未遂後のKの言動から確認してみよう。

翌朝のKの様子

静との恋愛の可能性を閉ざされ、さらに〈精神的に向上心のないものは、馬鹿だ〉という言葉で道に対する姿勢を痛罵されたKは、その日の深夜に自殺を試みている。だが不思議なことに、翌朝のKはすっかり元気を取り戻したように見えるのである。たとえば、昨晩のことについて尋ねた先生に向かって、Kは諭すような強い調子で答えてくる。

> 今朝から昨夕《ゆうべ》の事が気に掛っている私は、途中でまたKを追窮しました。けれどもKはや

はり私を満足させるような答をしません。私はあの事件に付いて何か話す積りではなかったのかと念を押して見ました。Kはそうではないと強い調子で云い切りました。昨日上野で『その話はもう止めよう』と云ったではないかと注意する如くにも聞こえました。

（下四十三）

〈昨夕の事〉とは、深夜に襖を開けて先生の名を呼んだことを指している。Kが先生の名を呼んだのは自殺が可能かを確認するためであり、何かを話すためではない。したがって、この問いに〈そうではない〉と答えるのは当然なのだが、〈注意する如くにも聞こえ〉る口調はあまりに強い。〈覚悟、――覚悟ならない事もない〉という言葉は、一言で言えば自殺宣言であり、先生の非難に答える形で出てきたものである。先生の非難を妥当なものと認めなければ、こんな言葉の出てくるはずはない。だが、この勇ましい自殺宣言にもかかわらず、Kは生きたまま翌朝を迎え、先生と顔を合わせたのである。普通の感覚の持ち主であれば、耐え難い負い目を感じるだろう。しかしKは負い目を感じるどころか、〈注意する如く〉という高圧的な口調で先生に答えている。Kはなぜ、これほど強い態度が取れたのだろう。

このような場合、「開き直った」という漠然とした説明が思い浮かぶが、道を捨てた事実をどこかで肯定しない限り、この場面で開き直ることは不可能なはずである。Kは道に対する信念を捨ててしまったというのだろうか。[2]

この朝、Kは一体何を考えていたのか。その真意を探るために、この後に書かれているKの様子を確認してみよう。この時期先生は自分のことで頭が一杯になっていたようで、Kについての言及は少ない。だが、Kについての断片的な情報を集めていくと、彼の驚くべき実態が明らかになってくる。

先ほどの場面の次にKが登場するのは、先生が静との婚約を取りつけた直後である。婚約があっけないほど簡単に決まってしまうと、先生は何やら落ち着かなくなり長い散歩に出かける。散歩から下宿に戻ってKの姿を見た先生は、それまで忘れていた良心を取り戻す。

> Kに対する私の良心が復活したのは、私が宅の格子を開けて、玄関から坐敷へ通る時、即ち例のごとく彼の室を抜けようとした瞬間でした。彼は何時もの通り机に向って書見をしていました。彼は何時もの通り書物から眼を放して、私を見ました。然し彼は何時もの通り今帰ったのかとは云いませんでした。彼は『病気はもう癒《い》いのか、医者へでも行ったのか』と聞きました。
>
> （下四十六）

落ち着き払ったKの様子が印象的である。ここでは特に〈何時もの通り〉という言葉が三回も使われていることに注目したい。自殺未遂の後も、Kは何事もなかったように本を読み、先生の姿を見ると顔をあげて〈今帰ったのか〉と言っていたのだろう。Kがそれらの動作を毎日繰り返していたから、先生は〈何時もの通り〉を三度も繰り返したに違いない。以前と変わらぬ読書三昧の生活からは、道の追究を再開したことがうかがわれる。いつもの日常と違っていたのは、先生を気遣う言葉をかけたことである。この日、先生は静との婚約を取り付けるために、仮病を使って学校を休んでいたからである。Kは〈何時もの通り〉に本を読んでいたばかりか、先生の体調を気遣うゆとりさえ持っている。この落ち着きと余裕は、少なくとも自殺を決意した人間のものではあるまい。

さらに、Kは静に対する興味も失っていない。先生が密かに婚約を交わした日の晩、静は夕食になっても隣の部屋から出て来ない。するとKは、静の様子がいつもと違う理由をしつこく追及してくる。

その時御嬢さんは何時ものようにみんなと同じ食卓に並びませんでした。奥さんが催促すると、次の室で只今と答えるだけでした。それをKは不思議そうに聞いていました。仕舞にどうしたのかと奥さんに尋ねました。奥さんは大方極《きま》りが悪いのだろうと云って、一寸私の顔を見ました。Kは猶《なお》不思議そうに、なんで極が悪いのかと追窮しに掛りました。

（下四十六）

もしも静に対する興味を失っていたら、彼女の行動をこれほどしつこく尋ねるだろうか。明らかにKは静に対する興味を持ち続けている。だが、第二章で確認したとおり、静との恋が成就する可能性は既に否定されたはずである。この態度は矛盾しているようにも見えるが、静の「恋心」を否定する出来事に、Kがまだ出会ってないことを考えれば少しも不可解ではない。恋が成就する可能性が否定されても、Kの中では相思相愛の状態が依然として続いているからである。以前のKからは考えられないことだが、彼は静と身近に暮らして相思相愛の喜びに浸る生活を選んだことになる。

ここまでのKの様子をまとめてみよう。自殺未遂の翌日彼は先生に〈注意する〉かのような強い口調で答え、静との相思相愛の幸福を実感しながら、読書三昧の生活を続けて道の追究を再開する。あまりに極端な変貌であり、何より道と恋愛が共存していることに驚かされる。K

の価値観が根底から覆らない限り、こんなことはあり得ない。もしもKが価値観を転換させたとすれば、その可能性があるのは自殺未遂をしたあの夜だけである。あの晩Kに一体何があったのだろうか。

あの夜に自殺未遂があったと考える先行研究は、Kの行動を次のように推理している。「Kが深夜に襖を開けて先生の名を呼んだのは、先生が眠っていることを確かめるためである。そして、先生が起きていたためにKは自殺を実行しなかった」この推理では、Kの自殺の意志がさほど強くなかったことが前提として組み込まれている。すなわち、自殺の意志は先生の都合で延期（あるいは中止）される程度の強さだった、という前提である。本書はこの前提に異を唱える。

Kはこの晩、死に対する十分な覚悟を持っていたはずだからである。死を強く望んでいたと言ってもいい。第二章での検討を簡単に確認してみよう。恋のために道を放棄してしまった「決意」は、自分の愚かさばかりでなく、自分に道を究められる可能性のないことまでをKに悟らせる。自分に厳しい性格に将来への絶望を重ね合わせれば、〈覚悟、――覚悟ならないこともない〉という言葉が死の覚悟であったことは明らかである。

死を強く望んでいたKが、先生がたまたま目覚めていただけで自殺を断念するだろうか。先生が寝付くのを待って自殺を試みたと考えるべきである。だが、Kはどうしても死ぬことができなかった。強力な力によって自殺を阻止されたからである。

養家と実家の双方から勘当されたKに家族はなく、先生が唯一の友人である。そしてKには道が全てであった。普通に考えれば、道に絶望したKの自殺を止められるものは存在しない。だが、一つだけその可能性を持ち得るものがある。「相思相愛」の静に対する未練がそれだ。もちろん、静への未練がどのような形で自殺を阻止したのか、それを推測できる手がかりはない。当然、自殺を妨げたものが静の声や姿だったのか、あるいはもっと別な何かだったのか、その具体的な様子を推測することも不可能である。だが、決意の自殺が、静と関わる何らかのものによって阻止されたことは、おそらく間違いないだろう。

極限状況における強烈な体験は、人の価値観を大きく転換させることがある。Kにとってこの夜の体験は、道が何者かに敗北した衝撃的な意味を持つ。道を打ち破ったものは恋愛であり、Kの命を救ったものは静である。自分の首筋にナイフを当てるような極限状況の中で、Kはこれを経験したのだ。この強烈な体験によってKの価値観が根底から崩れてしまったのではないか。すなわち、それまで絶対的な地位にあった道がその座を奪われ、代わって静との恋愛が価値の中心に置かれる。その結果、静の近くで暮らして彼女の愛を感じることが全てに優先されて、道は、静の愛を感じながら追究できるものに成り下がってしまう。あの晩Ｋはこのような体験をしたと考えられる（恋愛だけに唯一の価値を認めて道の追究は放棄された、と考えることも可能かもしれない(3)）。

この推論は少々極端に見えるかもしれないが、この推論を立てることなく、翌朝のＫの豹変を説明することができるだろうか。先生は道に対する姿勢の批判者である。道に対する価値観を根底から転換させない限り、先生に〈注意する如く〉という強い口調で返答することは不可能なはずである。

裏切りの事実を知ってもＫが動揺しなかった理由

Ｋの自殺をめぐっては、第一章で指摘した大きな矛盾がまだ残っている。それは次の二つの事実であった。

（1） Ｋは先生の裏切りを知った二日後に自殺している。
（2） Ｋは先生の裏切りを知っても動揺しなかった。

二日という間隔は、裏切りと自殺の間に明確な因果関係が存在することを示している。その一方で、裏切りを知っても動揺しなかったのであれば、裏切りが自殺の原因となることはない。これがKの自殺をめぐる矛盾である。

この矛盾はKの自殺に絡む最大の難問であり核心部分でもある。この問題を解くためには、Kの内面に関するいくつもの仮説を積み重ねていかなくてはならない。これまでに構築した仮説の全てがそのために必要なピースであり、さらに新たなピースも必要となる。全てのピースを的確に揃えることができれば、この矛盾は解決するだろう。

裏切りを聞かされた時のKの様子をもう一度確認してみよう。

> 奥さんの云うところを綜合して考えて見ると、Kはこの最後の打撃を、最も落付いた驚をもって迎えたらしいのです。Kは御嬢さんと私との間に結ばれた新らしい関係に就いて、最初はそうですかとただ一口云っただけだったそうです。然し奥さんが、『あなたも喜こんで下さい』と述べた時、彼ははじめて奥さんの顔を見て微笑を洩《も》らしながら、『御目出とう御座います』と云ったまま席を立ったそうです。そうして茶の間の障子を開ける前に、また奥さんを振り返って、『結婚は何時ですか』と聞いたそうです。それから『何か御祝

いを上げたいが、私は金がないから上げる事が出来ません』と云ったそうです。奥さんの前に坐っていた私は、その話を聞いて胸が塞るような苦しさを覚えました。（下四十七）

第一章でも指摘したが、傍線を付したKの態度には明らかによそよそしいもの、冷たいものがある。たとえば〈御目出とう御座います〉という言葉に注目してみよう。「おめでとうございます」という言葉には微妙なところがあり、言い方によっては皮肉に聞こえてしまうものだが、Kの〈『御目出とう御座います』と云ったまま席を立った〉というタイミングは、まさに皮肉を感じさせるタイミングである。〈微笑を洩らしながら〉という表情が判断を鈍らせるが、祝福する気持ちがあれば、このタイミングで席を立つことはあるまい。

同様に、〈何か御祝いを上げたいが、私は金がないから上げる事が出来ません〉という言葉も冷たいものを感じさせる。お祝いを買う金がなかったとしてもそんなことを口に出す必要はないし、祝福を表現する手段は他にいくらでもあるはずだ。娘の婚約で有頂天になっている奥さんは気づいていないが、Kは暗に二人の結婚を祝福しないと言っていたのである。この気持ちは、〈障子を開ける前に、また奥さんを振り返って〉という捨てぜりふのようなタイミングにも表れている。唯一引っかかるのは彼の笑顔だが、後ほど明らかにするように、これも奥さんの思い違いである。

前提となる事実を確認しておこう。裏切りを知る直前まで、Kは先生と静を次のように理解していた。先生については同居の際の〈Kと一所に住んで、一所に向上の路を辿って行きたい〉という言葉を信じている。道に対する先生の姿勢に誠実さはないが、それでもKは先生が道の価値を知っていること自体は疑っていない。それを信じていなければ、自分の恋を打ち明けることも、〈精神的に向上心のないものは、馬鹿だ〉という言葉に衝撃を受けることもなかったはずである。一方、静については相思相愛の関係にいささかの疑念も抱いていない。

先生と静の婚約は、二人に対する確信の全てを一瞬で破壊したことになる。先生は道とは無縁の俗物であり、静は自分を愛してなどいなかった。どちらも衝撃的だが、圧倒的に大きな破壊力を持つのは静に愛されていなかった事実であろう。自殺未遂の体験によってKは価値観を百八十度転換させ、価値の中心が道から恋愛に代わったと考えられるからである。かつて道のあった位置に恋が置かれたとすれば、静との「相思相愛」の恋はKの全てになっていたはずであり、それが錯覚だったとなれば、Kは自分の存在基盤を瞬時に失ったことになる。しかも、それは静に「騙されていた」という最悪の形で行われているのだ。Kはこの衝撃をどのように受け止めたのだろう。

婚約の事実を知らされた瞬間、Kは相当混乱したようである。奥さんが〈道理で妾《わたし》が話したら変な顔をしていましたよ〉と言ったのは、あまりの混乱に呆然としている表情だったに違いない。だが、〈あなたも喜こんで下さい〉という残酷な言葉を聞いてKは我に返る。自分を取り戻さない限り、〈微笑を洩らしながら、『御目出とう御座います』〉と冷静に答え、さらに皮肉を返すことは不可能である。自分の存在基盤が崩壊するほどの衝撃を、Kはどうやって冷静に収束させたのか（Kが感情を隠せない体質であることは確認済みである）。何より、どんな気持ちで二人の婚約に対して笑顔を見せたのだろうか。

この衝撃を、〈精神的に向上心のないものは、馬鹿だ〉という言葉の与えた衝撃と比較してみよう。どちらの衝撃も自分が道を捨てたことに起因する点で共通しているが、道を捨てた事実に対する自覚において対照的である。〈精神的に向上心のないものは、馬鹿だ〉の場合、Kは自分が道を捨ててしまったことを自覚できていなかった。だが今回の衝撃は違う。自殺を実行できなかったあの晩、Kは道が恋に敗北したことを実感して、価値の中心を道から恋愛に変更している。Kは自らの意志で道を捨てたのである。おそらく、この違いが衝撃に対する反応の差を生み出している。

〈精神的に向上心のないものは、馬鹿だ〉と言われた時、Kは〈馬鹿だ〉〈僕は馬鹿だ〉というめき、その場を動けなくなるほどの衝撃を受けている。この言葉を聞くまで、Kは自分が道を捨てたことを全く自覚していなかったからである。これに対し、先生の裏切りによって明らかになったのは、道を捨てた事実ではなく、その決断が誤りだったこと、言ってみれば評価の暴落である。一概には言い切れないが、あり得ないことが起こった衝撃と、評価が暴落した衝撃とを比べると、普通は前者の衝撃の方がはるかに大きい。Kの二つの衝撃についてもこれが言えるのではないか。静に愛されていなかった事実は、確かにKの存在基盤を破壊するほどの力を持ってはいるが、それは〈精神的に向上心のないものは、馬鹿だ〉の衝撃に比べると、はるかに小さな衝撃だったと考えられる。

しかも今回の場合、奥さんの残酷な言葉がKの衝撃を小さくする方向に働いている。裏切りの衝撃で呆然としているKにとって、〈あなたも喜こんで下さい〉という言葉はあまりに残酷に見える。だが、この言葉によってKは、はっと我に返り、自分自身に意識が向かったのである。そして、独相撲にのめり込んでしまった自分の愚かさ、滑稽さに呆れ、自分自身を思わず冷笑してしまう。おそらく、これが奥さんの見た〈微笑〉の正体である。奥さんはKの様子を次のように語っていた。

彼ははじめて奥さんの顔を見て微笑を洩らしながら、『御目出とう御座います』と云ったまま席を立ったそうです。（下四十七）

Ｋは自分の愚かさ滑稽さを冷笑しながら皮肉を言っていたのである。もしもこの時、Ｋの意識が静と先生に向かったままであれば、恨みや怒りといったどす黒い感情が噴出していたかもしれない。だが、意識が自分の愚かさに向かったことで、全てが滑稽で馬鹿馬鹿しいことに思えてしまったのではないか。皮肉という軽い言葉で二人の裏切りを淡々と受け流せたのは、そんな精神状態にあったからだろう。これが「Ｋの自殺をめぐる矛盾」の真相だと考えられる。

謎めいた遺書の意味（1）　自殺の動機

これまでの検討結果を前提に、Ｋの謎めいた遺書の意味を考えてみよう。Ｋの部屋で自分宛の遺書を発見した時、先生は〈私に取ってどんなに辛い文句がその中に書き列ねてあるだろうと予期した〉が、幸いなことに先生が恐れたことは何も書かれていなかった。

遺書の内容は曖昧でどこか謎めいて見えるが、われわれにはここに自殺の動機が凝縮されて書かれていることが分かる。ただし、Ｋがこの遺書で最も書きたかったことは自殺の動機ではない。それは先生と静に対する復讐のメッセージであり、そのメッセージは遺書の中に注意深く隠されている。自殺の動機を確認した後、隠された復讐のメッセージをあぶり出してみたい。

遺書の内容について先生は次のように書いている。

手紙の内容は簡単でした。そうして寧《むし》ろ抽象的でした。自分は薄志弱行で到底行先の望みがないから、自殺するというだけなのです。それから今まで私に世話になった礼が、極あっさりした文句でその後に付け加えてありました。世話序《ついで》に死後の片付方も頼みたいという言葉もありました。奥さんに迷惑を掛けて済まんから宜《よろ》しく詫《わび》をしてくれという句もありました。国元へは私から知らせて貰いたいという依頼もありました。必要な事はみんな一口ずつ書いてある中に御嬢さんの名前だけは何処にも見えません。私は仕舞まで読んで、すぐKがわざと回避したのだという事に気が付きました。然し私の尤《もっと》も痛切に感じたのは、最後に墨の余りで書き添えたらしく見える、もっと早く死ぬべきだのに何故今まで生きていたのだろうという意味の文句でした。（下四十八）

自殺の動機から考えてみよう。〈自分は薄志弱行で到底行先の望みがないから、自殺する〉

という自殺の動機は、これまでの考察結果と一致する。自分の将来に対する絶望、すなわち自分には絶対に道を究められないという確信が、Kの自殺の動機だったことが確認できる。

少し補足してみよう。道はKにとって何より重要なものであり、彼の全てであった。しかし、Kは一度ならず三度まで道を冒瀆している。一度目は恋に有頂天になり道を捨ててしまったこと。二度目は道のための自殺が恋に妨げられたこと。三度目は静との相思相愛を感じながら道を追究できると思い込んだことである。道に対する冒瀆は後になるほど重症になり、三度目に至っては、先生の経済的援助を当然のように享受し、静との相思相愛を感じながら道を追究できると思い込んでしまう。目を覆いたくなるほどの堕落ぶりである。

Kは将来への絶望を極めて簡潔な言葉で綴っている。〈自分は薄志弱行で到底行先の望みがないから、自殺する〉。ここには自殺の動機が凝縮されているが、自分の堕落や道に対する冒瀆には一切言及していない。自分の惨めな堕落を明かすことなど、とてもできなかったからだろう。自殺の動機をこんな抽象的な形でしか書き残せなかったことに、Kの無念さや惨めさを感じ取るべきかもしれない。

謎めいた遺書の意味（2）　復讐のメッセージ

再びＫの遺書に戻ろう。

> 自分は薄志弱行で到底行先の望みがないから、自殺するというだけなのです。それから今まで私に世話になった礼が、極あっさりした文句でその後に付け加えてありました。世話序に死後の片付方も頼みたいという言葉もありました。奥さんに迷惑を掛けて済まんから宜しく詫をしてくれという句もありました。国元へは私から知らせて貰いたいという依頼もありました。
> （下四十八）

この部分を再度引用したのは、文章のアンバランスを感じて欲しいからである。自殺の動機が抽象的で短く、先生への礼も〈極あっさりと〉しているのに対して、その後に並べられたこまごました注文は具体的で数も多い。遺書は後半部分が長過ぎてバランスを欠いている。だが、頭の良いＫが短い遺書に無駄なことを書くだろうか。ここに並べられた三つの注文、あるいは文章のアンバランスには、何らかの意味が込められていると読むべきである。

遺書は先生に宛てて書かれたものである。Ｋは先生をどんな人間だと思って遺書を書いたのだろうか。Ｋにとって先生は自分を狂わせた元凶である。先生と同居を始めなければ、Ｋの堕落はなく、自ら命を絶つようなこともあり得なかった。しかも、先生との同居は〈一所に向上の路を辿って行きたい〉という真剣な願いを聞き入れた結果である。道を志す気持ちなどさらさらないのに、どうして同居を求めてきたのか。Ｋには先生の行動が全く理解できなかったはずである。これに加えて、先生は自分の恋の告白をどんな気持ちで聞き、どんな顔でそれを静に話して聞かせていたのかと思ったことだろう（先生と静は裏でつながっていたとＫは考えたはずである）。何より、自分の恋心を知りながら、密かに静と婚約を結んで平然としていられる神経はとても理解できない。Ｋにとって先生は、自分を死に追いやった元凶であるとともに、静と二人で自分を騙し嘲笑していた不気味なほど低俗な人間だったと想像される。遺書に並べられた先生への注文の背景に、これらの気持ちのあったことは言うまでもない。

まず、遺書のアンバランスには、先生へのお礼の言葉を軽くする効果を指摘できる。礼を〈極あっさりとした文句〉に留め、その後に長々と注文を並べれば、相対的に礼の言葉は軽くなる。確かにこれも狙いの一つかもしれないが、重要なのはもちろん注文の内容の方である。先生への注文は、死後の片付け、奥さんへのお詫び、国元への連絡の三つである。似たような注文が並んでいるように見えるが、三つの中には一つだけ異質な注文が含まれている。死後の片付けと国元への連絡は残された者の当然の仕事であり、Kの依頼がなくても先生はこの二つを行ったはずである。だが、奥さんへのお詫びは違う。

考えてみれば、奥さんへのお詫びというのは妙な注文である。奥さんに迷惑をかけて済まないと思うなら、自分で直接お詫びを書くべきなのに、なぜお詫びを先生に託したのだろうか。Kにとって奥さんは自分を騙した共犯者の一人だから、奥さんにお詫びの言葉を書くことに抵抗があったことは分かる。だがそうだとすれば、奥さんへのお詫びなど最初から無視してしまえばいいはずだ。わざわざ奥さんへのお詫びに言及し、それを先生に託したことにはどんな意図があるのか。

三つの注文に感じられるのは、先生を自分の死に少しでも深く関わらせたいという意志である。死後の片づけと国元への連絡は、どちらも厄介な、そして死者と向き合わざるを得ない仕事である。Kはこの二つを先生にさせることで、先生を自分の死に向き合わせ、自分の死について考えさせようとしたのではないか。

だが、Kはそれだけは安心できなかった。Kには、先生が不気味なほど無神経な人間に見えていたからである。自分に対してこんな仕打ちを平然と行えるのなら、死後の片付けと国元への連絡だけでは自分の死に何の責任も感じないかもしれない。Kはそれだけは許すまいと思い、何としても自分の死に対する責任を自覚させ、しかるべき罪悪感を背負わせようとした。先生が奥さんに詫びようとすれば、嫌でもKの自殺について考え、奥さんとは異なる形で自分が自殺に関わっていることに思いが至るだろう。そうすれば、いかに先生が無神経であっても自分の犯した罪を自覚するに違いない。先生に罪悪感を背負わせるにはそこまで念を入れる必要があると、Kは考えたのではないか。先生への復讐のメッセージ。おそらくこれが、三つの注文に込められた意図である。(4)

この程度を復讐のメッセージと呼ぶのは大げさであると、あるいは感じられるかもしれない。だが、ここにはK自身の体験が反映されている。自分の罪を発見した衝撃を、Kは誰よりも知っているからである。もしも、Kが先生の罪を直接的に（そして先生だけに分かるように）書き込もうと思えば、それは簡単にできたはずである。だが、Kはそれをしなかった。先生の罪を先生自身に気づかせようとしたのは、罪悪感に「発見」の衝撃を加えようとしたからではないだろうか。

次に、静への言葉が書かれていない意味を考えてみよう。先生が感じた通り、Kが静へのメッセージを意図的に回避したことは明らかである。愛してもいない自分に、なぜあんな思わせぶりな態度を取り続けたのか。静に対しては先生以上の不可解さを感じ、強い恨みを抱いていたと想像される。自分を翻弄し堕落させた張本人を許せないと思うのは当然である。だが静と自分との関係を考えれば、遺書に残せるメッセージは「お世話になりました」「迷惑をかけてすみません」のような当たり前の社交辞令に限られる。Kの気持ちはこんな穏やかな言葉とは正反対だから、どんな言葉を選んだところで、心にもない嘘を書くことになる。それを避けるために静には何も書き残さなかったのではないか。

だが、静へのメッセージについては、もっと積極的な解釈を行うべきだろう。すなわち、無言のメッセージを残したという解釈である。ごく普通の手紙であっても、手紙の中で自分だけが露骨に無視されていたら後味が悪いものである。自殺者が残した遺書となれば、後味の悪さというレベルで済むはずがなく、無視された当人は、自分と故人の関係に不気味な不安を感じるはずである。

静も自分にだけにメッセージが残されていなければ、その理由を考え、自分がKに対して行ったことを振り返るに違いない。そうすることで、自分の死に対する重い責任を感じさせ、しかるべき罪悪感を背負わせる。これが静へのメッセージを残さなかった理由ではないだろうか。静も自分の罪に気付いて「発見」の衝撃を受けることになるが、静に向けられた復讐は先生のそれに比べて格段に重い。

無言のメッセージに託された意味は永遠に分からないからである。静はどんな罪を「発見」しようと、「自分はまだ他に罪を犯しているかもしれない」という不安から解放されない。この不安から死ぬまで逃れられないのだ。この復讐の重みには、彼女に対する恨みの大きさが反映されていると考えるべきだろう。

謎めいた遺書の意味（3）　付け加えられた文句の意味するもの

最後に、遺書の終わりに書き加えられた謎めいた文句の意味を考えてみたい。

然し私の尤も痛切に感じたのは、最後に墨の余りで書き添えたらしく見える、もっと早く死ぬべきだのに何故今まで生きていたのだろうという意味の文句でした。

この文句の趣旨が「自殺を中止したあの晩に死ぬべきだった」ということは間違いあるまい。では、この文句にKはどんな意味を込めていたのか。

まず考えられるのは、自殺未遂後の堕落に対する後悔である。自殺未遂を経験したことによって、Kは価値の中心を道から恋愛に変更してしまう。これが目を覆うほどの堕落を招いたことは、既に述べた通りである。言うまでもなく、あの晩に自殺をしていればこの堕落は避けられた。最後の堕落に対する強い後悔、これがこの文句の意味として考えられる一つの可能性である。

だが、この可能性は〈最後に墨の余りで書き添えたらしく見える〉という文字の姿に合わない。この文句は最後に付け加えられた予定外の言葉なのである。つまり、そこに託された意味は、遺書の「本文」では触れていないことと考えるべきである。遺書の「本文」に書かれていたのは、先生への礼、将来に対する絶望、先生と静への復讐などである。したがって、文句の意味するものは、この三つとは重ならない何かとなるが、堕落に対する後悔は将来への絶望との重なりがある。

遺書の「本文」と重ならない内容で、それを書き残さずには死ねなかったこと。これが遺書の最後に書き添えられた文句に期待される条件である。この難しい条件を満たせるものがあるとすれば、静との相思相愛を信じていた夢のような記憶しかない。もちろん、Ｋは相思相愛が錯覚だったと知ってしまっているから、静との思い出は屈辱や怒りといったどす黒い感情を喚起したはずである。だが、どんなに負の感情が噴出しても、甘美な記憶が覆いつくされることはなかったのだろう。静が考え得る限り最高に魅力的な女性であったことは、前章の最後に確認したとおりである。この文句はおそらく次のような意味である。

あの晩に自殺を実行していれば、自分は静に愛されていると信じたまま死ぬことができた。どうして今まで生きてしまったのだろう。

この文句が最後に書き加えられたことは、やりきれないKの死の中での唯一の救いと言えるのかもしれない。これは、復讐のメッセージでは伝えきれないものをKが持っていたことの証だからである。

だがその一方で、〈何故今まで生きていたのだろう〉という言葉に感じられるのは、目の前の死に対する違和感である。これが伝えるものは重い。目の前の死に納得できないまま、Kが命を絶ったことを感じさせるからである。

Kは一貫して自分に誠実だった。だが、そこに先生と静という「魔」が入り込み、自分自身に誠実であったがゆえに彼らに騙され翻弄され、こんな惨めな結果を招いてしまった。何が起こったのかも分からぬまま、惨めな結果を押しつけられて自らの命を絶たねばならない。これほど無念なことがあるだろうか。

その気持ちは、彼の自殺の状況にはっきりと現れている。Kは先生と自分の部屋を仕切る襖を〈二尺ばかり〉すなわち約七十センチも開け放ち、さらにランプの灯をつけたまま自殺している。これでは隣で寝ている先生に光も音も全て届いてしまうから、いつ先生が飛び込んで来ても不思議はない。先生に自殺を止めさせようとしたのか、それとも凄惨な死に様を目撃させようとしたのか、Kの意図を確定することはできないが、一つだけ確実なことがある。自殺の成功を優先させれば、ランプの灯をつけたまま、襖を開け放って頸動脈を切ることはあり得ないということである。

Kは最後の最後まで、自分の死に納得することができなかった。だが、自殺を思いとどまることだけは絶対にできない。それが新たな後悔を生むだけであることを、Kは既に学んでいるからである。彼は死ぬしかないと自分に言い聞かせながら、頸動脈を切り裂いたのではないだろうか。(5)

注

（1）　Kが自殺未遂をした日から〈一週間の後〉（下四十四）に、先生は静との婚約を取りつける。奥さんがKに婚約を話したのは婚約から〈五六日経った後〉（下四十七）であり、さらに〈奥さんがKに話をしてからもう二日余り〉（下四十八）経った晩にKは自殺する。この日数を合計すると、自殺未遂から自殺の実行までの間隔は約二週間となる。

（2） 翌朝のKの発言が遺書にはもう一つ残されているので、確認しておきたい。

それで飯を食う時、Kに聞きました。Kはたしかに襖を開けて私の名を呼んだと云います。何故そんな事をしたのかと尋ねると、別に判然《はっきり》した返事もしません。調子の抜けた頃になって、近頃は熟睡が出来るのかと却って向うから私に問うのです。私は何だか変に感じました。

（下四十三）

Kの〈近頃は熟睡が出来るのか〉という問いの意図には、二つの可能性が考えられる。一つは、次の自殺に備えて先生の睡眠状態を確認しておくための問い。もう一つは、夜中に起きていた先生の体調を気遣った問いである。Kがこれまで先生の体調を気遣ったことなどなく、これが自殺未遂の翌朝であることを考えると、次の自殺に向けた問いの可能性が高そうに見えるが、即断するのは危険である。

本書は次の二点を根拠に、これが先生の体調を気遣った単純な問いであると判断する。第一は、これに続くKの言動からKに自殺の意志のないことが確認できること。第二は、自殺未遂後のKが先生の健康状態を気遣う発言をしていることである。この問いは、自殺未遂の翌朝からKが別人になったことを示す材料の一つなのである。

（3） Kが読書三昧の生活を再開したことを根拠に、道の追究が再開されたと必ずしも断定することはできない。道の追究が再開されたと本書が判断するのは、これまでの習慣をそう簡単に止められないと考えるからである。

少々強引な選択肢として、読書は再開したものの道の追究は止めてしまったと考えることも可能かもしれない。本書の考察のポイントは、道に代わって恋愛が第一の価値になったことにあるので、道の追究が放棄されたと考えても本書の推論の核は変わらない。

（4）実際の先生は罪悪感の塊である。遺書に促されるまでもなく先生は奥さんの前に手を突いて詫びており、Kが周到に仕組んだ復讐は空振りに終わってしまう。この皮肉な筋書きは、『こころ』という作品のテーマとつながっている。「どんなに身近に暮らしていても、人は他者を理解することができない。」これが『こころ』の中心テーマであり、復讐の空振りはテーマの一貫として理解することができる。

また、Kの復讐が空振りに終わることは静についても同様である。これだけ綿密な復讐をくわだてたにもかかわらず、彼女は自分がKの自殺に関わっている可能性を想像すらしないからである。

（5）Kの自殺には、裏切りを知ってから自殺までの間に二つの問題を指摘することができる。それは自殺までに〈二日余り〉の間隔を明けていること、裏切りを知った後もKの様子に変化の見られなかったことである。それを書いた箇所を引用する。

勘定して見ると奥さんがKに話をしてからもう二日余りになります。その間Kは私に対して少しも以前と異なった様子を見せなかったので、私は全くそれに気が付かずにいたのです。

（下四十八）

〈精神的に向上心のないものは、馬鹿だ〉と言われて自殺を試みたのは、その日の晩である。これと比べると、〈二日余り〉という間隔はかなり長いように思える。婚約を聞かされた時、Kが瞬時に自分の誤りや堕落を悟ったことは、彼の様子から明らかである。強く死を望みながら、Kはなぜ自殺までに二日の間隔を開けたのか。あるいは、この二日の間に何をしていたのだろうか。

一つの可能性として考えられるのは、先生と静の実態あるいは本心を確かめるために、この二日を費やした可能性である。確かに、Kには二人の言動があまりに不可解に見えたはずだから、これは一つの選択肢となるかもしれない。だが、この可能性はおそらくない。二人の婚約を知った後、Kは二人を不気味で冷酷な俗物としか思えなくなったと考えられるからである。そんな二人について真面目に考えることができるだろうか。

別の可能性として考えられるのは、二人の婚約と自殺との因果関係を隠すために、自殺までの間隔を開けた可能性である。婚約の事実を知った後、先生を信じ、静を愛したことを、Kが激しく後悔したことは間違いない。だとすれば、静に振られたために自殺したと「誤解」されることを、何より恐れたはずである（静に振られたための自殺であれば、Kは静と先生より下になってしまう）。Kのプライドの高さを考えると、この予想には現実味がある。

そして、この予想を支持する状況証拠として次の二つをあげることができる。一つは、遺書に自殺の動機をあえて書き残し、自殺の原因は自分自身にあると明言したこと。もう一つは、婚約を知っても〈少しも以前と異なった様子を見せなかった〉ことである。後者については、何事もなかったようにKが「演技」をしていた可能性が高いからである。婚約の事実を知ってしまった

Kが、少なくとも静に対して、以前と同じように振舞えるとは到底思えない〈先生の観察は〈私に対して〉と限定されているが、もしも静に対するKの態度に変化があれば、先生がそれを見落とすことはないだろう〉。自殺までの間、Kは必死に以前と変わらぬ自分を演じていたのではないか。

この予想に対しては、婚約との因果関係を隠すためなら〈二日余り〉という間隔はあまりに短い、という反論が出るだろう。だが、Kが冷静な自分を演じるのは〈二日余り〉が限界だったと考えれば、この反論に答えることができる。Kはもっと長く「演技」をするつもりでいたが、〈二日余り〉で耐えきれなくなり、自殺を遂げたという可能性である。この間のKの心中は、いかばかりだっただろう。

これまで本書で提示してきた仮説については、推論の妥当性を保証する「着地点」が本文中に存在していた。だが、この問題については本文に「着地点」が存在しないため、推論の妥当性を保証することができない。ここでは、自殺直前の不可解な部分が、本書の推論を否定する材料にならないことを強調しておきたい。

第五章　静はなぜ男たちを翻弄したのか

静はなぜ、先生を嫉妬で苦しめたのだろう。もちろん、静がKに惹かれていたのであれば彼女の行動もある程度理解できるが、本章で確認するとおり、彼女が愛していたのは先生一人である。つまり、静は好きでもないKに対して、気があるとしか思えない言動を取り続けていたことになる。この章では静が男たちを翻弄した理由を考えてみたい。

静の奔放な行動

先生は静を一目見た時から彼女の美しさに惹かれるが、静の魅力は容貌だけでない。彼女は男を惹きつける術を心得ている。知り合って間もない頃の静との会話の印象を先生は次のように書いている。

私は何だかそわそわし出すのです。自分で自分を裏切るような不自然な態度が私を苦しめるのです。然し相手の方は却《かえ》って平気でした。これが琴を浚《さら》うのに声さえ碌に出せなかったあの女かしらと疑がわれる位、耻ずかしがらないのです。あまり長くなるので、茶の間から母に呼ばれても、『はい』と返事をするだけで、容易に腰を上げない事さえありました。それでいて御嬢さんは決して子供ではなかったのです。私の眼には能くそれが解って

いました。能く解るように振舞って見せる痕跡さえ明らかでした。（下十三）

引用の後半部分からは、親よりも先生を優先していること、色気あるいは媚を意識的にアピールしていることが分かる。緊張している先生と長話ができるのだから、男の前で緊張せず、さらに会話をリードする能力も持っていたに違いない（訥弁のKの言葉に静が笑いで応じていることは、第二章で確認したとおりである）。これだけの能力を持った上で美人なのだから、静は男を魅了せずにはおかないはずだ。

先生はそんな静に惹かれるが、財産を叔父に掠め取られた過去があるため、静親子が財産目当てで結婚を望んでいると疑ってしまい、静への恋に積極的になることができない。だがKの同居が始まると、今度は静が自分よりもKを愛しているように思えて恋に進めなくなる。Kに気があるとしか思えない言動を静が繰り返したからである。先生を嫉妬させた静の言動を簡単に確認してみよう。

Kが同居を始めてしばらく経った頃、先生は静がKの部屋に入り込んで話しているのを目撃する。奥さんはこれまで先生と静を二人だけで家に残すことがなかったのに、その時は、静とKの二人きりであった。そしてその一週間後、先生は再び静がKの部屋にいるのを見かける。

その時、静は先生の顔を見るなり笑い出すが、先生は何も言えずにその場を通り過ぎる。するとその日の晩、先生は静から〈変な人だと〉言われてしまう。

そんなことがあった後、先生とKは夏休みを利用して房州に旅行に出かける。旅行から戻ってみると、静が万事についてKより自分を優先してくれるのを感じて、先生は密かに〈凱歌〉をあげたが、そんな「平和」は長続きしなかった。十月の中頃、先生が帰宅するとKの部屋から静の笑い声が聞こえる。静は先生を刺激しないようにその場を必死に取り繕ったが、しばらくするとそんな気遣いはどこかに行ってしまう。〈ある時は御嬢さんがわざわざ私の室へ来るのを回避して、Kの方ばかりへ行くように思われる事さえあった位です。〉（下三十二）と先生は書いている。その後静の言動はますます大胆になり、Kと連れ立っての外出、正月の歌留多となることは、第三章で確認したとおりである。

Kに対する静の言動を並べていくと静がKに惹かれていたようにも見えるが、その可能性のないことは、先生の求婚に対する奥さんの答えから明らかである。奥さんは、先生の方が心配してしまうほど簡単に結婚を承諾している。その部分を引用してみよう。

話は簡単でかつ明瞭に片付いてしまいました。（中略）本人の意嚮《いこう》さえたしかめるに及ばないと明言しました。（中略）親類はとにかく、当人にはあらかじめ話して承諾を得るのが順序らしいと私が注意した時、奥さんは『大丈夫です。本人が不承知のところへ、私があの子を遣る筈がありませんから』と云いました。

（下四十五）

奥さんはやや遠まわしな言い方をしているが、静は先生との結婚を強く望んでおり、奥さんにはその気持ちがよく分かっていたのだろう。もしも静の気持ちがKと先生の間で揺れているようなことがあれば、奥さんがそれを感じないはずがなく、求婚に即答することはあり得ない（Kの同居以前から、静が先生との結婚を強く望んでいたことを示す証拠もあるのだが、これについては後ほど確認したい）。

つまり静は、惹かれてもいないKに思わせぶりな態度を取り続け、本命の先生を嫉妬で苦しめていたことになる。静のこの不自然な行動をどう説明すればいいのだろう。

静は策略で動いていたのか

まず考えられるのは先生が疑っていたように、静と奥さんが策略家だった可能性であろう。煮え切らない先生を結婚に踏み切らせるために、静と奥さんが共謀して先生を嫉妬させたという推測である。その場合、Ｋは先生を嫉妬させるための「当て馬」として使われたことになる。

やや品のない推測だが、複数の材料がこの可能性を支持しているように見える。その第一は奥さんの黙認である。奥さんは当初、先生を無神経に嫉妬させる静をたしなめていたが、(1) その後、静の奔放な言動を黙認するようになる。また、房州旅行の後、にわかに先生に気を使い始めた静が、再び先生を嫉妬させるようになるのは明らかに不自然で、背後に何らかの意図や計算のあることを匂わせる。たとえば、嫉妬させないように配慮しても先生が相変わらず煮え切らないため、嫉妬で動かす作戦に切り替えたといった可能性である。

先生に対する静の挑発的な言動を説明できること、先生自身がその可能性を考えていること、何より結果的に先生が求婚していることなどから策略説は魅力的に見える。筆者はかつて策略説に立つ拙論を書いたことがあるし、研究者の間でも策略説は主流になりつつあるという。(2) だが、残念ながら策略説は成立しない。自らの過ちを反省する意味も込めて、これを否定する根拠をやや詳しくあげてみたい。

第一の根拠は、策略が奥さんの性格に合わないことである。奥さんは男性的な竹を割ったような性格で隠しごとが嫌いである。たとえば、静との婚約をこっそり取りつけた時、先生は〈何処か男らしい気性を具えた奥さん〉（下四十七）が、婚約の事実をＫにすっぱ抜いてしまうことを恐れていた。そんな奥さんは策略のような陰湿な手段を嫌うはずである。

二つ目の根拠は、静が先生を「無邪気に」嫉妬させるばかりで、何らフォローをしていないことである。静には先生を嫉妬させて楽しんでいるふしさえある。

一般化して考えてみよう。異性の気を引く道具として考えた場合、嫉妬という不快な感情はリスクが高く使い方が難しい。不快な感情ばかりぶつけてくる相手に、好意を寄せることができるだろうか。気を引く道具として嫉妬を使う場合、快感を与える手立てと組み合わせて慎重に使わなければ成功は難しいだろう。たとえば、双方に気がありそうな素振りを見せることで先生を焦らせ、求婚せずにはいられないように仕向けていく、といった方法である（この場合、先生により強く惹かれていると感じさせる「さじ加減」が不可欠になるはずだ）。つまり、「嫉妬作戦」を成功させるためには、相手を慎重に観察してさじ加減を調節し、時にはフォローを入れることも必要になる。だが、静にはそんな慎重さも、先生に対するフォローも全く見られない。

たとえば、静がKと外出した日の晩、先生が静から予想外の攻撃をくらったことを、われわれは第三章で確認している。その時の〈何処へ行ったか中《あ》てて見ろ〉という発言は先生に対してあまりに無神経である。先生を遠ざける以外の効果を、この言葉が生むだろうか(3)。

あるいは、正月の歌留多の席で、静がKと組になって先生に当たったことも第三章で確認した。先生はこの時の自分の様子を次のように書いている。〈私は相手次第では喧嘩を始めたかも知れなかったのです。〉（下三十五）先生が嫉妬で爆発寸前になっていたことは、誰の目にも明らかだったと想像される。もしも静が策略家であれば、先生を引きつける絶好の機会としてこの場面を利用したのではないか（先生に大げさな好意を示すことの許される局面である）。だが、静はこの場面で何もしていない。

三つ目の根拠は、Kの自殺に対する親子の態度である。もしもKを当て馬として利用していたとすれば、Kの自殺は先生だけでなく静親子にも強い罪悪感を与えたはずである。しかし、二人はKの遺体を前にしても日常的な冷静さを保ち続けている。たとえばKの遺体の横に親子が並んで座っている様子を、先生は次のように書いている。〈たまに奥さんと一口二口言葉を換わす事がありましたが、それは当座の用事に即いてのみでした。〉（下五十）二人の言動には冷たいほどに日常性が保たれており、後ろ暗い様子は微塵も感じられない。

四つ目の根拠は、先生の求婚に対する奥さんの反応がきわめて自然なことである。この時の先生と奥さんのやり取りを引用してみよう。

私は突然『奥さん、御嬢さんを私に下さい』と云いました。奥さんは私の予期してかかった程驚ろいた様子も見せませんでしたが、それでも少時《しばらく》返事が出来なかったものと見えて、黙って私の顔を眺めていました。一度云い出した私は、いくら顔を見られても、それに頓《とん》着《じゃく》などはしていられません。『下さい、是非下さい』と云いました。『私の妻として是非下さい』と云いました。奥さんは年を取っているだけに、私よりもずっと落付いていました。『上げてもいいが、あんまり急じゃありませんか』と聞くのです。私が『急に貰いたいのだ』とすぐ答えたら笑い出しました。そうして『よく考えたのですか』と念を押すのです。

（下四十五）

奥さんは驚きながらも、先生の求婚を平常心で受け止めている〈感情を抑えている様子がなく、気の変わらぬうちに婚約をまとめようという焦りもない〉。それは〈上げてもいいが、あんまり急じゃありませんか〉という冷静な感想や、〈よく考えたのですか〉という念押しによく表れている。奥さんは先生からの求婚をある程度予想していたものの、こんなに早く求婚があるとは思っていなかったのだろう。もしも親子が策略で動いていれば、この時期の求婚を意外とは感じなかったはずで、奥さんの反応はもっと違うものになっていたはずである。

なお、傍線を付した奥さんの笑いは、先生が思い通りに動いたことに対する笑いではなく、先生のなりふり構わぬ必死さに対するものだろう。この場面では、必死に求婚する先生と、落ち着いた奥さんのコントラストが印象的である。

これだけの根拠があれば、静親子が策略で先生を嫉妬させた可能性はないと断定して間違いあるまい。

静が先生を執拗に苦しめた理由

男たちに対する静の言動はあまりに不可解で、策略に代わる合理的理由を見つけ出すことは不可能であるようにも思える。だが、静の奔放な行動についても、漱石はその原因を書き残している。先生が静のプライドを深く傷つけてしまったある事件が、おそらくその原因である。

先生はこれだけ長い遺書を書いているのに、静についての客観的な情報はごくわずかしか残していない。静について終始思い悩んでいたにもかかわらず、あれこれ一人で想像するばかりで、彼女を見ていなかったからである。だが、先生は自分でもそれと気づかぬまま、その事件を書き残している。

まだKが同居を始める以前、三人の生活がだいぶ慣れてきた頃のことである。奥さんからたまには着物を作るように言われた先生は、静親子と日本橋に反物を買いに行く。その様子が級友に目撃されていたらしく、先生は学校で〈何時妻を迎えたのか〉（下十七）とからかわれてしまう。下宿に戻った先生はこの話題をきっかけに、静の結婚に対する奥さんの気持ちを探り、奥さんの本音を聞き出すことに成功する。重要なのはその後に書かれた静の様子である。

さっきまで傍《そば》にいて、あんまりだわとか何とか云って笑った御嬢さんは、何時の間にか向うの隅に行って、脊中を此方へ向けていました。私は立とうとして振り返った時、その後姿を見たのです。後姿だけで人間の心が読める筈はありません。御嬢さんがこの問題についてどう考えているか、私には見当が付きませんでした。御嬢さんは戸棚を前にして坐っていました。その戸棚の一尺ばかり開《あ》いている隙間から、御嬢さんは何か引き出して膝の上へ置いて眺めているらしかったのです。私の眼はその隙間の端に、一昨日買った反物を見付け出しました。私の着物も御嬢さんのも同じ戸棚の隅に重ねてあったのです。

（下十八）

二つ目の傍線部の意味を明らかにしたのは石原千秋氏である。これは極めて重要な指摘なので、石原氏の説明を引用してみよう(4)。

お嬢さんは先生の買ってくれた反物をわざわざ戸棚から「引き出して」手にしている。しかも、「私の着物も御嬢さんのも同じ戸棚の隅に重ねてあった」。これが、お嬢さんの「此問題」についての答えでなくて、また、重ねられた二人の着物が二人の運命の暗喩でなくてなんだろうか。

石原氏の指摘の通り、静の行為は結婚の意志表示として疑う余地がない。

それにしても、静はどうしてこんな大胆な行為に走ったのか。現在でも女性から結婚の意志表示をするのは普通のことではない。この時代ならなおさらだろう。静はこの時、先生からのプロポーズを確信して気持ちが高揚していたのである。本文には、静の気持ちが高まっていく過程が丹念かつ詳細に書かれている。結婚の意志表示をしてしまうほどに、静の気持ちが高まって行った過程を確認してみよう。なお、これ以降の考察は石原氏の指摘とは別のものである。

一連の出来事は三人連れ立っての買い物から始まる。この時、先生は何もせずに買い物に付き合っていたのではない。静が胸に当てる反物の一つ一つに感想を言いながら、一日がかりで反物を選び、彼女に買い与えているのだ。先生との結婚を望む静には、先生がまるで許婚《いいなづけ》か夫のように見えたことだろう。その余韻がまだ残っている翌々日、先生は級友から〈何時妻を迎えたのか〉と言われた話を披露する。それを聞いた静は夢見るような気持ちになったに違いない。

だが、先生はさらに大胆な行動を取る。静の結婚問題について奥さんの意中を直接探ってきたのである。娘の結婚問題を当人の前で尋ねるのは、かなり大胆な振る舞いである。この流れは静の期待を高めずにはおかないだろう。先生が自分に惹かれていることに、おそらく静は気づいていたはずだから、先生からのプロポーズ、あるいはそれを匂わせる話があると予想したに違いない。いや、彼女はそう確信した。そしてプロポーズを心待ちにする気持ちが、結婚の意志表示という大胆な行動に走らせたのである。彼女は思わず自分の本音を見せてしまったのかもしれないし、先生を促そうとしてあえて自分の気持ちを表現したのかもしれない。いずれにしろ、そんな大胆な行動を取ってしまうほどに彼女は高揚していた。

これは奥さんについても同様である。先生から静の結婚問題について問われた奥さんは、自分の考えを明け透けに語って聞かせている。(5) 奥さんがここまで正直に自分の気持ちを語ったのは、先生の胸の内を聞き出すためだろう。自分の考えを包み隠さず披露することで、先生の正直な告白を促したに違いない。

だが、自分のことしか考えない先生には、そんな親子の気持ちがまるで分かっていない。次の引用は、奥さんの告白に対する先生の反応である。

話しているうちに、私は色々の知識を奥さんから得たような気がしました。然しそれがために、私は機会を逸したと同様の結果に陥いってしまいました。私は自分に就いて、ついに一言《いちごん》も口を開く事が出来ませんでした。私は好い加減なところで話を切り上げて、自分の室へ帰ろうとしました。（下十八）

残酷なまでの鈍感さである。奥さんに大胆な問いかけをして親子をここまで期待させたにもかかわらず、二人の気持ちを置き去りにして、さっさと自分の部屋に引き揚げてしまうのだから。しかも間の悪いことに、〈脊中を此方へ向けてい〉た静は、先生が自分の部屋に帰ろうとしているいることを知らない。静があの大胆な行為を見せるのは、先生が自分の部屋に帰ろうとして腰を上げた時である。結婚問題に興味を失って立ち去ろうとする先生に向かって、静は一途な本音を見せてしまったことになる。

この無神経な振る舞いを見て、さすがの奥さんも態度が変わる。この直後の奥さんの言葉を引用しよう。

私が何とも云わずに席を立ち掛けると、奥さんは急に改たまった調子になって、私にどう思うかと聞くのです。その聞き方は何をどう思うのかと反問しなければ解らない程不意でした。それが御嬢さんを早く片付けた方が得策だろうかという意味だと判然《はっきり》した時、私はなるべく緩《ゆっ》くらな方が可いだろうと答えました。奥さんは自分もそう思うと言いました。

（下十八）

奥さんが怒っていることは明らかである。静の切ない仕草に、彼女の気持ちを痛いほど感じたからだろう。静をここまでその気にさせながら、何も気づかぬ素振りで引き上げようとする先生に、奥さんも怒りを抑えられなくなったのだ。〈どう思うか〉という無作法な問いは、静のあの仕草を見てどう思うのかという意味だろう。鈍感な先生は静のメッセージに全く気付いていないのだが、奥さんにはそう思えなかったからである。

奥さんは先生の〈反問〉を聞いて、先生が何も気づいていないことをようやく理解する。そして、いくらか落ち着きを取り戻して〈御嬢さんを早く片付けた方が得策だろうか〉と言い直す。〈なるべく緩くらな方が可いだろう〉という答えに納得したのは、そこに静との結婚の含みがあったからに違いない。

では、肝心な静はどうだったのだろう。彼女は先生からのプロポーズを信じて結婚の意志表示をしてしまう。自分の一途な本音を、はしたないほどの大胆さで見せたことになるが、この行為を先生から完全に無視される。静は女のプライドを踏みにじられ、大恥をかかされたのである。だが、静は奥さんのようにその場で先生に詰め寄ることができない。先生に対する恨みや怒りははけ口を失い、やがて復讐心へと形を変える。先生の「仕打ち」を許せないと感じたからである。

先生を嫉妬させる静の振る舞いは明らかにやり過ぎで、苦しむ先生を見て楽しむような残酷さが感じられる。この過激な振る舞いを支えるには、無邪気や無神経といった消極的な理由ではなく、たとえば復讐のような攻撃的で確固たる動機が必要である。そして、この事件は静に抑えがたい復讐心を刻みつける力を持っている（攻撃的な感情の生まれ得るエピソードはこれ以外に存在しない）。先生の「仕打ち」に対する復讐心が、静の奔放な振る舞いの原因であると断定して間違いあるまい（Ｋの同居が始まるのはこの「事件」の直後である）。

静が先生を愛し、結婚を強く望んでいたことに疑いの余地はない。だが静は復讐心を抑えることなく、先生を執拗に苦しめ続ける。復讐心をあおり続けたものは、先生に対する強い愛憎と彼女のプライドであり、その感情は時間とともにむしろ強まって行った。静がようやく復讐心から解放されるのは、おそらく先生の求婚を受けた時である。

一方奥さんは、先生と静の双方の気持ちを知っており、さらに先生が嫉妬しやすい性格であることもよく分かっている。房州旅行から戻った後、静が万事につけて先生を優先するようになったのは、留守の間に奥さんが因果を含めたからに違いない。だが、その後奥さんは一転して静の奔放な行動を黙認するようになる。一向に静への意志表示をしない先生のために、陰で静を注意し続けることに嫌気がさしたからではあるまいか。〈男らしい気性〉を持った奥さんには、それが自然な振る舞いだろう。

静はKに惹かれていたのか

静はKをどう思っていたのだろう。いくら結婚を望んでいなかったとしても、Kに対してそれなりの好意や興味を持っていた可能性は捨てきれない。だが結論を先に言えば、静はKに惹かれるどころか、興味すら持っていなかったと考えられる。もしもKの恋心に気づいていれば、自分の婚約と自殺との因果関係を考えるはずだが、静は自殺に対する自分の責任を想像すらし

ていないからである。(6)

ここでポイントとなるのがKの体質である。恋心を告白した夜、Kが静に笑われて顔を赤らめたことは第三章で確認している。ここから明らかになるのは自分の恋心を隠せない、あるいは隠そうとしないKの体質である。そして、Kが静を好きになってから自殺をするまでには、約一月の時が経っている。(7)つまり、静は「無防備」なKと一月も間近に接していながら、Kの恋心に全く気づいていないことになる。Kに惹かれるどころか興味すら持っていなかったと考えるべきだろう。

だがそうだとすれば、先生の留守に静がKの部屋を訪ねた理由が問われるはずだ（先生を嫉妬させるためにKと親しくしたのなら、先生の留守にKを訪ねる必要はない）。これはおそらく彼女の性格によるものである。静はKの部屋に何度も入り込んで話をしているが、これは決して当たり前のことではない。いくら一つ屋根の下で暮らしているとはいえ、相手は血のつながりのない下宿人であり、同じ年頃の男である。そんな男の部屋に妙齢の女性がそう簡単に入れるものだろうか。明治という時代背景を考えれば、これはかなり大胆な振る舞いになるはずだ。

ただし、静のこの態度は先生についても同様である。先生が同居を始めてしばらくすると、静は先生の部屋に入るようになる。〈時たま御嬢さん一人で、用があって私の室へ這入った序《ついで》に、其所に坐って話し込むような場合もその内に出て来ました。〉（下十三）と先生は書いている。

では、静は話好きな性格で、彼らと話をせずにはいられず、先生やKの部屋に入ってしまうのだろうか。いや、その可能性はおそらくない。静は同性の友人との会話を楽しんでいないからである。静と友人との会話の様子を先生は次のように書いている。

御嬢さんの学校友達がときたま遊びに来る事はありましたが、極めて小さな声で、居るのだか居ないのだか分らないような話をして帰ってしまうのが常でした。（下十六）

先生に対する遠慮から小声で話すのは分かるが、話が楽しくはずんでいれば、小声であってもその雰囲気は伝わるものである。当然、遊びに来た友人の滞在時間ももっと長くなるだろう。先生との会話をリードできる静が、同性の友人との会話はリードしていないことが分かる。その一方で、先生やKの部屋に入り込んで話をする様子はいかにも楽しそうである。

静は男と話をするのが好きなのである。

静は男にとって厄介な女性である。男と話をするのが好きで、男の部屋に入り込む大胆さを持ち合わせ、男の気を引く術を知り、会話をリードすることができる。その上で美人なのだから男にとっては魅力の塊のような女性である。ただし、彼女の性格はそれだけに留まらない。静には、愛する先生を平然と嫉妬で狂わせる残酷さがあり、Kを嫉妬の道具として利用することに何の躊躇も感じない鈍感さや冷たさがある。もちろん、先生を嫉妬で苦しめたのは復讐のためであり、Kが恋愛と無縁であると信じていたから、安心して「好意を示した」のだろう。だが、静と同じ状況に置かれたとして、これほど男を翻弄できる女性がどれだけいるだろうか。

静は男を翻弄することによって、自分の魅力や価値を確かめているようにも見える。静は男を翻弄せずにはいられない性格なのだろう。彼女は天性のコケットなのである。

奥さんが、先生と静を二人だけで家に置かなかったのは、静が先生の部屋に入り込み、二人が親密になることを警戒したからに違いない。奥さんには、静が男にとって魅力的であること、そして大胆に振舞うことが良く分かっていたからである。当初奥さんがKの同居に強く反対した理由が、三角関係を恐れたためであることは言うまでもない。

静は決して控え目で従順な女性ではない。彼女にもエゴがあり強い個性がある。無神経な先生は、そんな彼女に忘れ難い屈辱を与えてしまう。その屈辱に対する復讐として、静は男たちを翻弄したのである。

注

（1）先生が学校から戻り、Kの部屋を通って自分の部屋に入ろうとすると、静がKと話をしていることがあった（Kの部屋を通らないと先生の部屋に行けない）。静は先生を見るや否や笑い出すが、先生は何も言えずに自分の部屋に入る。その日の夕飯の時、静は先生のことを〈変な人だと〉評して神経を逆なでしてくるのだが、この時奥さんは、静を無言でたしなめる。〈ただ奥さんが睨《にら》めるような眼を御嬢さんに向けるのに気が付いただけでした。〉（下二十七）と先生は書いている。

（2）石原千秋『反転する漱石』（前掲（一九八～一九九ページ））

（3）これに対しては次のような反論が出るかもしれない。「先生は静に求婚したのだから、彼女の『嫉妬作戦』は正しかったことになる。静の嫉妬の使い方がおかしいという批判は当たらない。」確かに先生は静に求婚しているが、それは「嫉妬作戦」のためではなく、Kに出し抜かれるかもしれないという恐怖によるものである。静の「嫉妬作戦」は明らかに逆効果を出している。たとえば先生は次のように書いている。

果して御嬢さんが私よりもKに心を傾むけているならば、この恋は口へ云い出す価値のないものと私は決心していたのです。耻《はじ》を掻かせられるのが辛いなどと云うのとは少し訳が違ます。此方でいくら思っても、向うが内心他の人に愛の眼《まなこ》を注いでいるならば、私はそんな女と一所になるのは厭なのです。

（下三十四）

（4）石原千秋『反転する漱石』（前掲（一七七ページ））

（5）自分の意中を語った奥さんの言葉について書かれた箇所を引用してみよう。この長い分量には奥さんの気持ちが反映されており、結婚問題に対する本音を隠さず正直に語っていることが伝わってくる。

奥さんは二三そういう話のないでもないような事を、明らかに私に告げました。然しまだ学校へ出ている位で年が若いから、此方では左程急がないのだと説明しました。奥さんは口へは出さないけれども、御嬢さんの容色に大分重きを置いているらしく見えました。極《き》めようと思えば何時でも極められるんだからというような事さえ口外しました。それから御嬢さんより外に子供がないのも、容易に手離したがらない源因になっていました。嫁に遣るか、聟を取るか、それにさえ迷っているのではなかろうかと思われるところもありました。

（下十八）

（6）Kの自殺と自分が無関係であると静が信じていた証拠として、「先生と私」の中の静の発言をあげておきたい。この章の前半に、青年が静と夜中に親しく語り合う場面がある。その時、先生の暗い陰の原因について静は次のように打ち明ける。

「実は私すこし思い中る事があるんですけれども……」

「先生がああ云う風になった源因に就いてですか」

「ええ。もしそれが源因だとすれば、私の責任だけはなくなるんだから、それだけでも私大変楽になれるんですが、……」

（中略）

「先生がまだ大学にいる時分、大変仲の好い御友達が一人あったのよ。その方が丁度卒業する少し前に死んだんです。急に死んだんです」　（上十九）

先生の陰がKの自殺に起因するのであれば、先生の陰に対する自分の責任はなくなると静は言っている。これは、Kの自殺と自分は無関係という前提の上に成立する考えである。

（7）　Kの告白が正月明け、〈精神的に向上心のないものは、馬鹿だ〉と先生に言われたのが新学期が始まってしばらくした時、さらにその約二週間後にKは自殺している。これらを合わせると、静に恋してから自殺までに一月ほど経過していることになる。

第六章　先生はなぜ殉死したのか

「先生と遺書」にはいくつもの謎があるが、その中で最も難解なのは先生の自殺の動機であろう。先生はＫに対する罪悪感に苦しみ続けてきたのに、明治天皇の崩御と乃木大将の殉死を知ると、〈明治の精神に殉死する積りだ〉と言って自殺を決意してしまう。先生はそれまで明治天皇も乃木大将も一度も話題にしたことがなかったから、この決意はあまりに唐突に見える。何より、Ｋに対する罪悪感は一体どこに消えてしまったのか。先生が自殺を決意するまでの経緯を簡単に確認してみよう。

大学を卒業すると先生は念願だった静との結婚をはたすが、自殺したＫが静に付きまとって離れないために、先生は静を遠ざけるようになる。この態度は静を苦しめ、二人の間には深い溝ができてしまう。先生は学問や酒に溺れてＫを忘れようとしたこともあるが、そんな試みが成功するはずもない。

奥さん（静の母親）が亡くなった頃から、先生の中には自殺を予感させる〈恐ろしい影〉が現れるようになる。先生はそれから逃げられないことを悟らされるが、〈死んだ気で生きて行こうと決心〉する。

数年後、明治天皇の崩御を知った先生は、〈最も強く明治の影響を受けた私ども〉が生きているのは〈必竟《ひっきょう》時勢遅れだ〉と感じ、それをそのまま静に話す。静が冗談に〈では殉死でもしたら可かろう〉と言うと、先生は殉死という言葉に不思議な魅力を感じ、〈もし自分が殉死するならば、明治の精神に殉死する積りだ〉と答える。その一月後に乃木大将殉死の報を目にすると、先生は自殺を決意し、青年のために長い遺書を書き始める。

『こころ』は先生の陰を軸に展開する物語である。物語の前半では陰が青年を惹きつける重要な役割を果たし、後半では陰の正体を明かす物語が語られる。先生の語る物語は陰を支えるに足る重みと説得力を持つが、最も肝心な最後の場面で、先生の陰（罪悪感）が忘れられてしまう。

先生はなぜ罪悪感と無関係に死んだのか。そして、突然登場した明治天皇の崩御と乃木大将の殉死が、先生に死を決意させたのはなぜか。しかも先生の自殺の動機は、これまでの物語とは無縁の〈明治の精神に殉死する〉という抽象的なものである。先生の自殺はあまりに唐突で説得力を欠いている。

本章では先生の死にまつわるこれらの難問を可能な限り解決してみたい。本文に残された手がかりがあまりに少ないため、本章の結論は必ずしも十分ではないかもしれないが、先生が罪悪感で死ねなかった理由、殉死という外的価値による自殺でなければならなかった理由などを提示することはできる。遺書に残された情報から先生の自殺をどこまで明らかにできるのか、その一つの可能性を提示してみたい。

罪悪感を忘れて自殺をした理由

なぜ先生は罪悪感を忘れて自殺を決意したのか。この問題は一見難しそうに見えるが、先生の罪悪感の特殊性を確認するとその理由が見えてくる。

遺書には一箇所だけ、罪悪感について直接語っているところがあるので、その部分を引用してみよう。これが登場するのは、先生が自殺の予感を感じ始めた頃である。

私はただ人間の罪というものを深く感じたのです。その感じが私をKの墓へ毎月行《まいげつ》かせます。その感じが私に妻の母の看護をさせます。そうしてその感じが妻に優しくして遣れと私に命じます。私はその感じのために、知らない路傍の人から鞭たれたいとまで思った事もあります。こうした階段を段々経過して行くうちに、人に鞭たれるよりも、自分で自分を鞭つ可《べ》きだという気になります。自分で自分を鞭つよりも、自分で自分を殺すべきだという考が起ります。私は仕方がないから、死んだ気で生きて行こうと決心しました。

（下五十四）

この引用からは、先生の罪悪感がかなり特殊なものであることが分かる。〈私はただ人間の罪というものを深く感じたのです〉という表現が曲者である。〈人間の罪〉という言葉がいかにも深遠に見えるため、先生は普遍的かつ哲学的なレベルで自分の罪を考えていたと想像したくなるが、外見の格好よさに引かれて中身を判断してしまうのは危険である。先生はこの言葉にどんな意味を込めていたのか。〈人間の罪〉の実態を直接書いた箇所はないが、先生は自分に相応しい償いや罰をかなり具体的に書き込んでいるので、それを見れば〈人間の罪〉という言葉が担っていた重みや厳しさを計ることができる。

先生はどんな償いが自分に相応しいと感じていたのだろう。それは、毎月の墓参り、義理の母親の看護、そして妻に優しくすることだという。どれも罪悪感に命ぜられるまでもない当たり前の行動であり、先生にさしたる負担を与えないものばかりである。友人を裏切り自殺に追いやった罪に対する償いとして、これはあまりに軽くはあるまいか。だが、これらの償いが過小であるという感覚を、先生は全く持っていないようである。もしも先生が激しい罪悪感を抱いていれば、それが命じる償いは彼の人生を破壊しかねないほど困難なものになるのではないか。しかし、先生の償いが「思いやり」のレベルを出ることはない。

これは罰についても同様である。知らない人から鞭打たれるという罰は、実現可能性の全くない極めて安全な罰である。〈自分で自分を鞭つ〉という罰も同様に非現実的だから、その代替案として出てきた〈自分で自分を殺すべきだという考〉も現実味のない言葉だけのものだろう。先生は生きる決心を〈仕方がないから〉したと言っているが、その決心には強さも必死さも感じられない。〈自分で自分を殺すべきだという考〉が実現可能性のない安易なものだから、〈仕方がない〉という惰性のような決心で生きられたに違いない。

〈人間の罪〉と表現された罪悪感はいかにも立派そうに見えるが、それが命じる償いや罰は唖然とするほど軽い。だが、先生は自分の罪悪感が矮小であることにまるで気づいていない。先生の罪悪感が矮小化している原因は、〈人間の罪〉という言葉に行きつくのではないか。自分の犯した罪を〈人間の罪〉という形で一般化・抽象化させてしまえば、Kの無念さや苦しみを直視することはなくなるだろう。Kの苦しみを感じられなければ、罪悪感がゆるくなるのは当然である。だが、先生は〈人間の罪〉という言葉の見かけの立派さにごまかされているようだ。彼は自分の罪悪感の歪みに気づかないどころか、自分の罪悪感に満足しているようにさえ見える。

先生が罪悪感に支配され苦しみ続けたことに疑いの余地はない。だが、その罪悪感は驚くほど軽い。そんな罪悪感に、自殺のような苛烈な処罰を命じることができるだろうか。これが先生が罪悪感で死ねなかった理由である。

なお、罪悪感に関するこの問題の背景には、先生特有の意識の方向性とでも言うべきものを指摘することができる。先生は相手を直視せず、意識を抽象的な方向に向けてしまう傾向を持っているからである。(1) この意識の方向性は恋愛における独特の姿勢、静に対する結婚後の冷たい態度などの背景にもなっていると考えることができる。

先生の孤独感

罪悪感以外で、先生を死に追いやった可能性を持ち得るものは孤独感である。先生自身が自殺と孤独感（淋しさ）の因果関係を語っているため、これを自殺の原因と考える先行研究は少なくないが、孤独感も先生を自殺させる力を持ってはいない。先生の孤独感の実態を検討してみよう。

先生の孤独感はＫの亡霊と密接に結びついている。Ｋの亡霊が先生をどのように苦しめたのか、ここから考察を始めてみたい。結婚後、先生はKに対する罪の意識に苦しめられ続ける。しかも、それは最悪の形で先生に襲いかかったという。

私は妻と顔を合せているうちに、卒然Kに脅かされるのです。つまり妻が中間に立って、Kと私を何処までも結び付けて離さないようにするのです。妻の何処にも不足を感じない私は、ただこの一点に於て彼女を遠ざけたがりました。すると女の胸にはすぐそれが映ります。映るけれども、理由は解らないのです。私は時々妻から何故そんなに考えているのだとか、何か気に入らない事があるのだろうとかいう詰問を受けました。　（下五十二）

穏やかに語られているが、ここに描かれた体験の恐ろしさが分かるだろうか。〈Kに脅かされるのです〉という表現に注意して欲しい。先生は、「Kの影」や「Kの気配」ではなくKそのものに脅かされていた。Kはどんな形で先生を脅かしたのだろうか。本を読んでいる姿が見えたり、彼の声の聞こえることがあったかもしれない。あるいは、血まみれの顔が浮かび上がったり、Kの坊主頭を持ち上げた手の感覚のよみがえることが、あったのかもしれない。

Kが自殺した場面の生々しさ・グロテスクさは遺書の中でも際立っているが、これは先生の記憶の反映である。先生の記憶にはKの自殺場面が鮮明に焼きついているのだ。その記憶が「効果的に」よみがえることで、先生を苦しめ続けたことは想像に難くない。

だが、Kは先生をただ怯えさせただけではない。その恐ろしさによって、先生と静との間を引き裂いてしまう。〈妻が中間に立って、Kと私を何処までも結び付けて離さない〉というのだから、Kは常に静にまとわり付いていたのだろう。あれほど恋いこがれた静を〈遠ざけたがりました〉というのだから、その恐ろしさのほどが想像される。

ただし、先生のこの態度は先生以上に静に辛かったと考えられる。結婚前は元気だった先生が、結婚を境に別人のように陰を持ち始め、怯えるようにして自分を遠ざけるのだから、静には自分が先生を苦しめる元凶としか思えなかったはずである。彼女は、〈あなたは私を嫌っていらっしゃるんでしょう〉（下五十二）と恨みごとを言うこともあれば、〈貴方はこの頃人間が違った〉（下五十三）と嘆くこともあったという。

もちろん、先生が全てを打ち明けてしまえば、彼女の苦悩が晴れるだけでなく先生自身も救われるのだが、先生にとってそれはあり得ない選択肢であった。先生はその理由を次のように書いている。

私はただ妻の記憶に暗黒な一点を印《いん》するに忍びなかったから打ち明けなかったのです。純白なものに一雫の印気《いんき》でも容赦なく振り掛けるのは、私にとって大変な苦痛だったのだと解釈して下さい。（下五十二）

秘密を明かす苦痛ばかりが語られて、静の苦しみは全く意識に上っていない。残酷なまでの鈍感さであるが、相手を直視できない意識の方向性が、この鈍感さの背景にあることは間違いあるまい。さらに、静を〈純白〉なままに保ちたいという欲求の背景には、ある種の潔癖症が存在している。(2) 鈍感さも潔癖症も、先生の深いところから発しているだけに、静に秘密を打ち明けようと考えることは決してなかったのだろう。

自分の苦悩が静に理解されないこと、静との間に溝があることから、先生は強い孤独感を抱くようになる。自分自身で作り出した孤独感に苦しめられるのは、第三者から見れば愚かに思えるかもしれない。だが、自分自身が原因であるところにこの孤独感の恐ろしさがある。これが永久に続くことを自分自身で「保証」しているからである。静の苦痛は将来の可能性が分からないところにわずかな救いを見いだすことができるが、先生の未来には絶望しか存在しないのである。

彼が仕事も持たず静と二人だけの世界に生きていることを考えれば、静に永遠に理解されない絶望は、先生から生きる意志を奪ってしまう力を持つだろう。事実、先生は自分の孤独感をKと重ね合わせて次のように考えている。

私は仕舞にKが私のようにたった一人で淋しくって仕方がなくなった結果、急に所決したのではなかろうかと疑がい出しました。そうして又慄《ぞっ》としたのです。私もKの歩いた路を、Kと同じように辿っているのだという予覚が、折々風のように私の胸を横過《よこぎ》り始めたからです。

（下五十三）

孤独感のためにKが死んだと考えたのは、自分の孤独と絶望にそれだけ恐ろしい力を感じていた証拠であり、この時に感じた自殺の予感が確信となるのは時間の問題と言える。

先行研究では、右の引用部分を根拠に先生の自殺の原因を淋しさに求めるものが少なくない。だが、先生に自殺するしかないと確信させる力を持つものは孤独感だけではないはずだ。静から離れないKの恐怖、Kに対する罪悪感も先生を絶望させる強い力を持っていたはずで、これらが複合して死を確信させせて行ったと考えるべきだろう。

先生は次第に、自分の中にひらめく〈恐ろしい影〉におびえ始める。やがて自分の心がその陰に共鳴するようになり、さらにこの陰に親近感に似た感覚すら抱くようになる。彼は〈死んだ気で生きて行こうと決心〉して何年も生き抜いていくが、彼の内面ではその間、自分を否定する〈恐ろしい力〉との絶望的な戦いが常に続いていたという。果てしない戦いに疲れた先生はとうとう次の結論に達する。

必竟私にとって一番楽な努力で遂行出来るものは自殺より外にないと私は感ずるようになったのです。（下五十五）

希望が全く存在しない中で〈恐ろしい力〉との惨めな戦いが繰り返されれば、死ぬ以外にないと考えて当然だろう。いや、死による解放を望む方がむしろ自然なのではないか。〈自殺より外にない〉という先生の自殺願望は、決して弱いものではなかったと考えられる。

だが、先生はこの状況の中で何年も生き続けている。しかもその間、自殺を考えたのは二・三度のみで、実際に自殺を試みたことは一度たりとなかったという。これは重要な点なので、その根拠となる箇所を引用してみたい。

私は今日《こんにち》に至るまで既に二三度運命の導いて行く最も楽な方向へ進もうとした事がありました。然し私は何時でも妻に心を惹かされました。

（中略）

私はいつも躊躇しました。妻の顔を見て、止して可かったと思う事もありました。

（下五十五）

先生に自殺の意志がなかったことを示す根拠は他にもある。遺書の冒頭近くで、先生は過去を明かす約束をした頃の心理状態を次のように語っている。〈その時私はまだ生きていた。死ぬのが厭であった。〉（下二）青年との約束は自殺の半年ほど前である。この時点でもまだ先生には自殺の意志のなかったことが分かる。孤独、恐怖、罪悪感が作り出す二重三重の苦痛と絶望に苦しめられながら、一度も自殺を試みることなく何年も生き続けたのは驚異的である。

先生の自殺を考える時、重要なのは先生を絶望の淵に追いやった要因の特定ではない。それは本文を一読すれば明らかである。ポイントはそれとは逆のところにあるのではないか。すなわち、これほど絶望的な状況にありながら、自殺未遂もせずに何年も生きることのできた理由である。一体何が先生を自殺から守っていたのか。

先生によればそれは静の存在である。静と心中することはもちろん、静を一人ぼっちで残すこともできないから、自殺に踏み切れなかったと先生は書いている。だが、先生のこの説明は事実を正しくとらえていない。自殺を決意した時、先生は静を残していくことに何の抵抗も感じていないからである。(3) 先生の自殺を抑えていたのは静に対する思いではない。

では、一体どんな力が先生の自殺を抑えていたのか。その力を明らかにできれば、殉死を選んだ理由も明らかになるだろう。だが、その実態となり得るものは本文のどこにも書かれておらず、それをほのめかすような言葉すら見当たらない。これを特定するには全く異なる発想からのアプローチが必要となる。

遺書の文体が意味するもの

先生の遺書はどの部分も明晰で、思考の混乱や混濁を感じさせるところがない。さらに、淡々とした説明的な語り口が一貫して保たれ、最後まで安定感が失われない。この口調には、遺書を書いている「現在」の心理状態が反映されている、すなわち、遺書を書き終える最後の瞬間まで、先生は冷静な思考を維持できていたと考えることができる。先生を自殺から守ったものはこの冷静な思考（正確にはそれを維持できる思考力）だったのではないか。思考が冷静であれば、冷静な判断を下せるはずである。

　ここからは遺書の文体に先生の精神状態が反映されているという前提で論を進めるが、この前提には反論も予想されるので、予想される反論をあらかじめ提示し、その反論を否定しておきたい。


　登場人物が語り手を兼ねる場合、彼（彼女）には語りを可能にするための特殊能力（卓越した記憶力・言語能力など）が与えられる。この特殊能力は小説を成立させるためのもので、彼の劇中（正確には物語中）の能力とは別の物である。たとえば、長い物語を記憶して語れる人物が、劇中で物忘れをしても矛盾とはならない。同様に、劇中ではせっかちな人物が最後までペースを乱すことなく語り切ることも許される。

　遺書が明晰で論理的なのは「語り手の特殊能力」によるものであり、劇中の先生が遺書の文体に対応する思考力を持っていたと考えるのは、小説のルールを無視した暴論である。

この反論は誤ってはいないが、遺書として書かれた「先生と遺書」には、書き手の「今」の精神状態がダイレクトに反映されていることが期待できる。ただし、それだけを根拠に、先生に「語り手の特殊能力」が付加されていないと断定するのは少々乱暴かもしれない。だが幸いなことに、「先生と遺書」にはこの反論を封じ込める材料が残されている。先生が青年に向かって直接語りかける箇所がそれである。この部分は執筆中の先生の生の言葉だから、その文体が遺書の他の部分と一致すれば、遺書の文体に執筆時の心理が反映されていると考えていいはずだ。遺書の最初と最後において、先生はかなりの分量を使って青年に直接語りかけている。遺書を書きあげた後で青年に語りかける箇所の一部を引用してみよう。

私が死のうと決心してから、もう十日以上になりますが、その大部分は貴方にこの長い自叙伝の一節を書き残すために使用されたものと思って下さい。始めは貴方に会って話をする気でいたのですが、書いて見ると、却《かえ》ってその方が自分を判然《はっきり》描き出す事が出来たような心持がして嬉しいのです。（下五十六）

論理的に整理され、文章の落ち着きも遺書の他の部分と比べて遜色がない。いや、他の箇所よりもむしろ落ち着いている印象すら受ける。先生が最後まで冷静な思考力を維持していたと判断して間違いないだろう。

漱石は、どんな状況に置かれても冷静な思考を維持できる人物として先生を造形し、自殺にいたるまでの内面を詳細に報告させているのである。漱石は先生に対してある意味で残酷である。先生はどんな苦痛にさらされようと、感覚を麻痺させることも錯乱することも許されず、ひたすら自分自身を冷静に観察しなくてはならないのだから。

なぜ殉死なのか、なぜ明治の精神なのか

先生には自殺以外に自分を解放できる手段のないことが分かっていたし、自殺の切迫も感じていたが、彼の思考は最後まで冷静さを失わなかった。この冷静な思考が彼の自殺を阻止していたのではないか。死による解放という方法を、冷静な思考が最後まで肯定しなかったということである。先生は自殺を促す〈恐ろしい力〉との戦いを次のように書いている。少々長くなるが、この予想を検証するために、該当箇所の全体を引用してみたい。

死んだ積りで生きて行こうと決心した私の心は、時々外界の刺戟《しげき》で躍り上がりました。然し私がどの方面かへ切って出ようと思い立つや否や、恐ろしい力が何処からか出て来て、

私の心をぐいと握り締めて少しも動けないようにするのです。そうしてその力が私に御前は何をする資格もない男だと抑え付けるように云って聞かせます。すると私はその一言《いちげん》で直《す》ぐたりと萎《しお》れてしまいます。しばらくして又立ち上がろうとすると、又締め付けられます。私は歯を食いしばって、何で他《ひと》の邪魔をするのかと怒鳴り付けます。不可思議な力は冷かな声で笑います。自分で能く知っている癖にと云います。私は又ぐたりとなります。

波瀾も曲折もない単調な生活を続けて来た私の内面には、常にこうした苦しい戦争があったものと思って下さい。（下五十五）

この部分を長々と引用したのは、〈恐ろしい力〉が先生を論理によって追い込んでいないことを確認するためである。冷静な思考を納得させるためには、論理による説得が不可欠だと考えられるが、〈恐ろしい力〉は婉曲的な言葉で自殺をほのめかすばかりで、死ぬべき論理を全く提示していない。これでは先生を疲弊させることはできても、冷静な思考を納得させ、自殺を決意させることは困難だろう。先生が冷静な思考を失わなかったこと、そして〈恐ろしい力〉が死なねばならない論理を提示できなかったことが、先生の自殺を阻んだ原因だったのではないか。

さらに、この仮説を立てることで、先生が殉死という形式を選んだ理由も説明できる。どんなに思考が冷静であっても、阻止することのできない自殺がある。自分の死を納得して受け入れることができれば、人は冷静さを保ったまま死ぬことができるからである。これは軽々しく論じられる問題ではないが、自分の命よりも大切なもののためであれば、人は自分の死を受け入れることがある。たとえば、自分の死が大切な人・多くの人を救う、大儀・信念・宗教のために死ぬ、死によって何かを訴えるといった場合がそれにあたるだろう。事実、そのようにして自らの命を絶った人の遺書には、澄んだ感性や深い優しさを感じさせるものが少なくない。

そして、自分にとって絶対的な人に準じるのが殉死であるから、殉死は冷静な思考を納得させる自殺の典型と言える。おそらくこれが殉死を選んだ理由である。だとすれば、〈明治の精神に殉死する〉という自殺は、ある意味で偶然の結果ということになる。冷静な思考を納得させることさえできれば、殉死の対象は明治の精神である必要はなく、さらに殉死という形式である必要もなかったからである。ただし、先生の生活や環境を考えれば、〈明治の精神に殉死する〉という形の他に、彼の思考を納得させる自殺はおそらく存在しなかったであろう。

〈明治の精神に殉死する〉という自殺は確かに唐突であるが、漱石はその唐突な死に、それ以外には可能性が存在しないという形で必然性を与え、さらにその必然性を伝える手がかり、すなわち最後まで冷静だったことを示す「証拠」を残した。遺書の冒頭と末尾において、先生はかなりの分量を使って青年に直接語りかけている。冒頭に比べると末尾の語りは地味で短いが、青年に対する気遣いを強く感じさせる。それを印象的に伝えているのが、遺書の動機を説明するために引かれた渡辺華山のエピソードである。(4) 冷静な思考力はもちろん、青年に対する気遣いがなければ、的確なエピソードの引用はあり得ない。先生は最後の瞬間まで冷静な思考力・判断力を保ち続けていた。これを強調するために、漱石はこの場所に印象的なエピソードを書きこんだのではないだろうか。

さて、殉死という言葉は先生ではなく静が言い出したものである。明治天皇の崩御を知った先生は〈最も強く明治の影響を受けた私どもが、その後に生き残っているのは必竟時勢遅れだ〉(下五十五)と強く感じてその気持ちを静に話す。すると静は冗談に〈では殉死でもしたら可かろう〉と答える。この言葉に対する先生の反応を引用してみよう。

私は殉死という言葉を殆んど忘れていました。平生使う必要のない字だから、記憶の底に沈んだまま、腐れかけていたものと見えます。妻《さい》の笑談《じょうだん》を聞いて始めてそれを思い出した時、私は妻に向ってもし自分が殉死するならば、明治の精神に殉死する積りだと答えました。私の答も無論笑談に過ぎなかったのですが、私はその時何だか古い不要な言葉に新らしい意義を盛り得たような心持がしたのです。（下五十六）

『こころ』の中でも特に有名な一節である。この部分については多くの先行研究が発言をしているが、本書では次の三点だけを確認しておきたい。一つ目は、瞬時に自分が殉ずべき対象を見つけ、殉死の論理を完成させていること。二つ目は、この論理に説明できない充実感を覚えていること。三つ目は、この論理が自分を殺せる力を持っていることに、先生がまだ気づいていないことである。〈明治の精神に殉死する積りだ〉と言った瞬間、先生は自殺を可能にする手段を手に入れたことになるが、彼はこの言葉に充実感しか抱いていない。この論理の持つ恐ろしい力にまだ気づいていないからである。

この時、先生の殉死の対象が明治天皇ではなく、〈明治の精神〉であることが気にかかる。人ではない抽象的なものを対象にした殉死はかなり変則的だが、既に述べたように、先生の意識は特定の個人に焦点を結ばず、抽象的な方向に向かう傾向がある。〈明治の精神に殉死する〉という気持ちは想像しにくいものだが、感情が抽象的なものを志向する先生にとっては自然な感覚だったのかもしれない。なお、先生の殉死が唐突であることについては、『こころ』の動機という全く別の観点からも理由を見出すことができるので、これについては次の第七章で考えてみたい。

殉死の論理を手にしてからの心理

遺書は先生の結婚を境に文章の調子が大きく変わる。結婚前は沢山のエピソードが並び、人物が生き生きと叙述されて、ほとんど小説と変わらない調子なのに対して、結婚後はエピソードと呼べるようなものがほとんど登場しなくなる。先生が感じたこと考えたことばかりが綴られ、出来事については断片的な記憶が出てくるだけである。

結婚後にエピソードが出てこないのは、先生の記憶の反映と考えるべきだろう。先生の記憶には、結婚後の体験がほとんど刻まれていないのだ。先生は、〈私と妻とは元の通り仲好く暮して来ました。私と妻とは決して不幸ではありません、幸福でした。〉（下五十四）と書いている。確かに、夫婦は表面的には幸福な生活を営んでいたのだろう。(5) だが、先生は静との生活をほとんど記憶していない。もちろんこれは記憶を失ったという意味ではなく、結婚後の生活を振り返ってみても、よみがえってくるエピソードが何もなかったということである。静との生活で何をしても、全てのことは先生の意識を素通りして行ったのだろう。

だが、遺書は明治天皇の崩御の後で一瞬だけ生き生きした調子に変わる。明治の精神に殉死するという論理を手にしたことで、本来の意識を取り戻したからである。不思議な充実感を与えてくれるこの論理は、先生にとって闇に差し込む光のような存在だったのではないか。その一部を引用してみよう。


御大葬の夜私は何時もの通り書斎に坐って、相図《あいず》の号砲を聞きました。私にはそれが明治が永久に去った報知の如く聞こえました。後で考えると、それが乃木大将の永久に去った報知にもなっていたのです。（下五十六）

抑制された語り口を守っているが、生き生きした密度の高い文章である。静寂の中で号砲を待つ引き締まった気持ち、号砲を聞いた感慨、簡潔な表現でありながら先生の感覚と意識がしっかりと伝わってくる。

〈明治の精神に殉死する〉という論理は、先生の意識を回復させる光となるが、その正体が自殺による解放であることに、先生はまだ気づいていない。殉死の論理を完成させた時、先生は次のように言っている。〈私はその時何だか古い不要な言葉に新らしい意義を盛り得たような心持がしたのです。〉この時、殉死という言葉は先生にとってまだ〈古い不要な言葉〉であり、先生を殺す力を持ってはいない。

殉死を実行するためには、〈明治の精神に殉死する〉という論理が、実際に自分を殺せる論理であることに気づかねばならない。それを教えたのが乃木大将の殉死である。この事件によって先生は、殉死が今でも人を殺せる力を持っていることを知り、〈明治の精神に殉死〉できることを悟るのである。乃木大将殉死に対する先生の反応を引用してみよう。

私は号外を手にして、思わず妻に殉死だ殉死だと云いました。　（下五十六）

乃木大将の名前を出すことなく、〈殉死だ殉死だ〉と言っていることに注意して欲しい。先生は殉死が実行されたことに衝撃を受けている。今でも殉死が人を殺せる力を持っていることを知ったからである。

これで自分が死ねると悟った時、先生の前に最後のハードルとして立ちはだかったのは死の苦痛である。先生は乃木大将の死の苦痛について次のように考える。

私はそういう人に取って、生きていた三十五年が苦しいか、また刀を腹へ突き立てた一刹那が苦しいか、何方《どっち》が苦しいだろうと考えました。

それから二三日して、私はとうとう自殺する決心をしたのです。（下五十六）

先生は乃木大将に自分を重ね合わせることで、この最後のハードルを乗り越える。自殺を決心するまでの〈二三日〉という時間は、死の苦痛を乗り越える決心に要した時間であろう。こうして先生は長すぎた生にようやく終止符を打ったのである。

遺書の執筆が先生にもたらしたもの

最後に、遺書の執筆が先生にもたらしたものを考えてみたい。当初先生は自分の過去を青年に直接語るつもりでいたが、青年が東京に戻れないため、手紙で自分の過去を語ることになる。筆不精の先生には気の重い作業であったが、ほどなく過去を書きたいという強い欲求を自覚するようになる。彼は遺書の冒頭近くで、遺書を書き始める「今」の高揚した気持ちを過激な表現で語っているので、その一部引用してみよう。

その極《きょく》あなたは私の過去を絵巻物のように、あなたの前に展開してくれと逼《せま》った。私はその時心のうちで、始めて貴方を尊敬した。あなたが無遠慮に私の腹の中から、或生きたものを捕《つら》まえようという決心を見せたからです。私の心臓を立ち割って、温かく流れる血潮を啜《すす》ろうとしたからです。（中略）私は今自分で自分の心臓を破って、その血をあなたの顔に浴せかけようとしているのです。私の鼓動が停った時、あなたの胸に新らしい命が宿る事が出来るなら満足です。（下二）

この先生らしからぬ過激な表現は、多くの先行研究から注目されている。この場所にこれほど過激な表現が出て来たのはなぜだろうか。

惰性のように生きて来た結婚後の先生にとって、過去を是が非でも聞き出そうとする青年の熱意は衝撃的だったに違いない。先生は自分の秘密を胸の奥に隠して、何があっても他人には絶対明かさないつもりでいた。だから、無理やりにでも秘密を引き出そうとする青年が、先生にはまるで自分の胸を切り裂こうとしているように思えたのではないか。〈心臓を立ち割って〉や〈血潮を啜ろうとした〉といった過激な表現は、この感覚から生まれたものだろう。ただし、先生にとって何より重要だったのは、青年に自分の人生を伝えられることではないだろうか。誰にも理解されないまま死ぬことを覚悟していた先生にとって、青年が自分の生きざまを「正しく」理解し記憶してくれることは、心が震えるほどの救済になったと想像される。〈私の鼓動が停った時、あなたの胸に新らしい命が宿る〉という目を引く表現は、自分の体験が青年に記憶され、それが青年に少なからぬ影響を与え続けていくことを象徴的に表現したものと考えられる。

一方、先生は遺書を書き終えた後で、遺書に対する「今」の気持ちをもう一度語っている。それはたとえば、〈然し私は今その要求を果しました。もう何にもする事はありません。〉（下五十六）といった落ち着いたものであり、心臓や血といった激しい語、あるいは〈命が宿る〉といった象徴性の高い表現は一切見られない。そこにあるのは、執筆前の猛った気持ちとは対照的な、充実感にあふれた穏やかな気持ちである。

執筆後のこの穏やかな感慨に注目した先行研究は少ないが、この変化からは、遺書を執筆することで、先生の意識に質的な変化の生まれたことが読み取れる。質的変化が最も端的に現れているのは、読者意識の変化ではないだろうか。遺書は青年一人のために書き始められたはずなのに、いつの間にか想定される読者が不特定多数に拡大されているからである。

私を生んだ私の過去は、人間の経験の一部分として、私より外に誰も語り得るものはないのですから、それを偽りなく書き残して置く私の努力は、人間を知る上に於て、貴方にとっても、外の人にとっても、徒労ではなかろうと思います。

（中略）

私は私の過去を善悪ともに他《ひと》の参考に供する積りです。然し妻だけはたった一人の例外だと承知して下さい。（下五十六）

〈妻だけはたった一人の例外〉というのだから、静にさえ知られなければ多くの人に知られて構わない、いや、多くの人の〈参考に〉して欲しいということだろう。遺書の出来に対する満足感がなければ、想定される読者が不特定多数に拡大されることはない。遺書を書き始めた当初、先生はこの青年でなければ自分の過去を受け止められないと考えていた。だが遺書が完成した時、この遺書ならば多くの人に自分の人生を伝えられると感じるようになったのだろう。

さらに、この自信によって先生は自分の人生の意義を見出す。〈私は私の過去を善悪ともに他の参考に供する積りです〉。この言葉は、先生が自分の人生に意義を見出した宣言に他なるまい。〈他の参考に供する〉という形で先生は人生の価値を発見している。青年の熱意に誠実に答えたことによって、文字通り最後の瞬間に、先生は自分自身を救済することができたのである。

注

（1）相手を直視できずに意識が抽象的な方向に向かってしまう傾向は、罪悪感だけでなく先生の恋愛についても指摘できる。恋愛におけるこの方向性を確認してみよう。先生は下宿に入って間もなく静に恋したことを告白している。その時に語られた静に対する気持ちを引用する。

私はその人に対して、殆んど信仰に近い愛を有っていたのです。私が宗教だけに用いるこの言葉を、若い女に応用するのを見て、貴方は変に思うかも知れませんが、私は今でも固く信じているのです。本当の愛は宗教心とそう違ったものでないという事を固く信じているのです。私は御嬢さんの顔を見るたびに、自分が美くしくなるような心持がしました。（下十四）

静を愛しているのなら、その気持ちが向かう対象は静しかないはずなのに、先生の愛は静を越えた抽象的なところを志向する。美しい女性を神聖化する気持ちは分からないではないが、静が同じ家に住んで朝晩顔を合わせる身近な存在であることを考えれば、先生の静に対する感覚はいささか不自然である。静を直視できずに、意識が抽象的な方向に向かっていると言える。

（2）　先生の家の食卓の様子を「先生と私」の中で青年は次のように語っている。

先生のうちで飯を食うと、きっとこの西洋料理店に見るような白いリンネルの上に、箸や茶碗が置かれた。そうしてそれが必ず洗濯したての真白なものに限られていた。

「カラやカフスと同じ事さ。汚れたのを用いる位なら、一層始から色の着いたものを使うが好い。白ければ純白でなくっちゃ」（上三十二）

先生は真っ白なものを好む潔癖症的な性格を持っているようである。

（3）　死ぬことを決めた時、先生は静に対する気持ちを次のように書いている。

私は妻を残して行きます。私がいなくなっても妻に衣食住の心配がないのは仕合せです。私は妻に残酷な驚怖を与える事を好みません。私は妻に血の色を見せないで死ぬ積りです。妻の知らない間《ま》に、こっそりこの世から居なくなるようにします。（下五十六）

静に対する先生の気持ちは冷たいほどあっさりしていて、彼女を一人で残すことに迷いも葛藤もない。先生が静を一人にしたくないと強く思っていたのは、もちろん嘘ではないだろう。だが、静を一人にしたくないという気持ちは、殉死（自殺）の決意に対して全く抵抗できなかったことが分かる。

（4）　渡辺崋山のエピソードの出てくる前後を引用する。

私が死のうと決心してから、もう十日以上になりますが、その大部分は貴方にこの長い自叙伝の一節を書き残すために使用されたものと思って下さい。（中略）渡辺崋山は邯鄲という画を描くために、死期を一週間繰り延べたという話をつい先達て聞きました。他から見たら余計な事のようにも解釈できましょうが、当人にはまた当人相当の要求が心の中にあるのだから已むを得ないとも云われるでしょう。（下五十六）

（5）「先生と私」には、先生夫婦が音楽会や芝居に行っていること、また青年が記憶しているだけでも夫婦の旅行が二・三度以上あったことが書かれている。

第七章　『こころ』のテーマと動機

第一節　『こころ』のテーマ

「先生と遺書」のテーマ

「先生と遺書」は先生の遺書の中にKの物語を書き込んだ重層的な作品であり、先生の記憶と思考だけを綴った遺書から、先生には想像もつかないKの内面がはっきりと浮かび上がってくる。そこから明らかになるのは、先生・K・静が互いを極端なまでに誤解し合っていた事実であり、誤解が取り返しのつかない悲劇を生んで行ったプロセスである。この真相を考えれば、この章の中心テーマは他者理解の困難さであると考えて間違いないだろう。

ただし、このテーマを描くだけなら先生とKの物語を別々に並べれば十分なはずであり、先生の遺書に他者の物語を潜ませるという、作者と読者の双方に大きな負担を強いる方法を選ぶ必要はない。漱石はなぜ、こんな困難な方法を選んだのだろうか。

漱石はこの方法を取ることによって、読者にテーマを直接体験させようとしたのではないか。Kは無口で無作法な男だが、感じ方も考え方も単純で真っ直ぐだから、彼の真意が明らかになると、それまでKの気持ちの分からなかったことが不思議に思えてしまう。たとえば、先生の経済的援助に少しも感謝しなかった理由、あるいは〈退ぞこうと思えば退ぞけるのか〉と言われて苦しみ出した理由などを思い出して欲しい。Kの真意はあっけないほど単純なのに、そこに到達するのは途方もなく難しい。いくつもの壁を乗り越えてようやく真相に到達した読者は、他者の内面を知ることがいかに困難であるかを、身を持って体験したことになる。同時に、人の内面がいとも簡単に誤解されてしまうことを再認識するだろう。

それにしても「先生と遺書」の真相解明は困難である。この難しさは漱石にもよく分かっていたと思うが、他者理解の困難さを直接体験させるためには、ここまで難度を上げる必要があると考えたのだろう。もちろん漱石は、この難度でも真相に到達できる読者がいると考えていたと思うが、この難度はあまりに高い。答えを知っている出題者には、自分の作る問題が簡単に見えるものである。漱石も「出題者の落とし穴」にはまってしまい、難易度を読み誤ったのかもしれない。

ところで、「先生と遺書」に登場する人物はみな不自然なほどに鈍感である。その一方で、彼らは同じ家に住んで朝晩の食事をともにするという、これ以上考えられない近い距離に置かれている。中でも、先生とKの距離はわずかに襖一枚である。不自然なまでに他者が見えない人物を極端に近づけて配置する。他者理解の困難さというテーマを誇張して表現するために、漱石はこのような設定をあえて選択したのだろう。もちろん、物理的な距離の生み出す緊張感や息苦しさなどの効果も計算していたはずである。

「先生と私」

『こころ』は「先生と私」「両親と私」「先生と遺書」の三つの章から成るが、本書は「先生と遺書」だけを取り出して分析してきた。この章だけを取り出して分析することは現在の『こころ』研究の流れからは外れるが、様々な点において「先生と遺書」が先行する二つを圧倒していることは明らかである。本書は「先生と遺書」のテーマが、そのまま『こころ』全体のテーマであると考えるので、これを主張するための確認作業を行っていきたい。「先生と私」と「両親と私」の二つを個別に検討し、どちらも「先生と遺書」のテーマに修正や変更を求めないことを確認していく。

「先生と私」から始めよう。青年（語り手）は鎌倉の海水浴場で西洋人を連れた男性を見かけると、その男性に興味を引かれ、彼を追いかけて知り合いになる。これが青年と先生の出会いである。この時、先生が連れていた西洋人は猿股一つで泳ぐ風変りな西洋人で、それが一層青年の興味を引いたのであるが、この西洋人についての情報は次のようにしか語られていない。

先生は彼の風変りのところや、もう鎌倉にいない事や、色々の話をした末、日本人にさえあまり交際《つきあい》を有たないのに、そういう外国人と近付になったのは不思議だと云ったりした。（上三）

この西洋人についての情報はこれが全てであり、その後この西洋人は『こころ』から完全に姿を消してしまう。そして『こころ』全体を見ても、先生が西洋人と接触する場面、あるいは西洋人との接触を暗示するような場面はこの冒頭にしか出てこない。この個性的な西洋人は青年と読者の興味を引くために、ご都合主義で立てられた人物である。漱石が「先生と私」にどれくらいの力を入れていたのか、この風変わりな西洋人はそれを端的に示しているようにも思える。

さて、青年は東京に戻ってから先生の自宅を訪れるが、あいにく先生が留守で会うことができない。二回目に訪問した際、彼は静から先生の外出先を聞いて雑司ヶ谷の墓地を訪れる。先生の墓参りには何か秘密の事情があるらしく、墓地で青年の姿を見つけた先生は動揺した様子を見せ、青年の質問には〈あすこには私の友達の墓があるんです〉（上五）と答えるだけでそれ以上は何も話さない。青年はその後も先生の家を頻繁に訪ねて、先生が人間に対して屈折した、しかし動かしがたい信念を持っていることを知る。その信念を作ったのは先生の過去の体験であるが、先生は自分の過去を一切明かさない。それに加えて先生は青年に向かって謎めいたことをしばしば言う。そのいくつかを引用してみよう。

貴方は死という事実をまだ真面目に考えた事がありませんね　（上五）

とにかく恋は罪悪ですよ、よござんすか。そうして神聖なものですよ　（上十三）

いや考えたんじゃない。遣ったんです。遣った後で驚ろいたんです。そうして非常に怖くなったんです　（上十四）

こんなことを言われれば、青年でなくても先生の過去に興味を持つだろう。先生は一体どんな恐ろしい体験をしたのか、あるいはどんな恋を知っているのか。だが、先生の過去の秘密は奥さん（静）すら知らないという。妻にも明かせない秘密とはどのようなものか。そして、先生が友人の墓に毎月墓参りをするのはなぜか。読者の興味はいやがおうにも高まってくる。

ただし、誰より強く先生の秘密に興味を持つのは、先生を敬愛する青年である。青年は先生の過去の秘密について何度も問いかけるが、先生は全く取り合おうとしない。苛立った青年はある時、過去の秘密を明かすよう先生に強く迫ってしまう。すると、先生は〈あなたは大胆だ〉と言い、次のような前置きをした後で青年に過去を語る約束をする。

私は死ぬ前にたった一人で好いから、他《ひと》を信用して死にたいと思っている。あなたはそのたった一人になれますか。なってくれますか。あなたは腹の底から真面目ですか

（上三十一）

青年の第一の役割は、先生に過去を明かす決意をさせることである。先生を動かしたのは青年の真剣な気持ちであるが、この引用を見ると先生は青年の熱意だけでそれを決意したのではないことが分かる。〈腹の底から真面目〉な人間として信用されることが、その条件だったのである。

そして、過去を明かす約束をしたことで、死に対する先生の意識が大きく変わる。第六章で確認したとおり、青年に過去を明かす約束をした時点でも、先生はまだ自殺の意志を持っていなかった。先生はいつから自分の死を現実的なものとして考えるようになったのだろう。静か

ら〈では殉死でもしたら可かろう〉と冗談を言われた瞬間だろうか。いや、先生は静のこの言葉を聞く数か月前から、自分の死を現実のものとして考え始めていた。その根拠となるエピソードを紹介しよう。それは過去を明かす約束をした直後に置かれている。

大学を無事卒業した青年は卒業式の数日後、実家に帰る暇乞いのために先生を訪ねる。病気の父の見舞いが帰省の目的であったことから、いつしか話題は人間の寿命に及び、先生は静に向かって自分が死んだ後の話題を執拗に繰り返す。始めのうちは冗談めかして答えていた静も、とうとう先生のしつこさに我慢ができなくなって感情を露わにする。

おれが死んだら、おれが死んだらって、まあ何遍抑《おっ》しゃるの。後生だからもう好い加減にして、おれが死んだらは止して頂戴《ちょうだい》。縁喜でもない。あなたが死んだら、何でもあなたの思い通りにして上げるから、それで好いじゃありませんか　（上三十五）

先生の死に対する意識を考える上でこの発言は重要である。静がこれほど不機嫌になったのは、先生が〈おれが死んだら〉をしつこく繰り返したためだが、先生がこんな話を静にするのは、おそらくこの時が初めてである。静がこの話題に慣れていればここまで感情的にはならなかっただろうし、何より、過去に同じような話をしていればそのやり取りに言及したはずだからである。

つまり、先生が自分の死を現実のものとして考え始めたのは、このエピソードからそう隔たっていないどこかの時点ということになる。青年に過去を明かす約束をしたのはつつじの咲く初夏、このエピソードが旧暦の七月だから（当時の卒業式は七月）、両者の隔たりは三・四か月である。青年との約束が意識を変えたきっかけと考えて間違いあるまい。青年に過去を語る約束をしたことで先生の意識に変化が起こり、自分の死を現実のものとして考えるようになったのである。

明治天皇の崩御に接した際、先生は静の発した殉死という言葉に鋭く反応している。自分の死について具体的に考えていたから瞬時に反応できたのではないか。ちなみに、明治天皇の崩御は先ほどのエピソードの約一月後なので、この推論に時間的な無理はない。

「先生と私」は、遺書を書かせる意志の形成、死に対する意識の変化が描かれている点で「先生と遺書」の導入になっており、さらに二つの方向から遺書の価値を高める役目も果たしている。一つは推理小説的な謎かけによって読者の興味を刺激すること。もう一つは遺書の信頼性を高めることである。遺書の信頼性は、先生が青年を信用していること、読者が青年一人に限定されていることによって保証される。ただ一人の信用できる人間のために書かれた遺書であれば、虚飾を排して誠実に自分の過去を語ることが期待できるからである。

「先生と私」には青年の故郷についての情報など、先生の遺書につながらない記述がわずかに含まれているが、その中に遺書の価値や意味を変更させる情報はない。「先生と私」は「先生と遺書」の導入あるいは序章であり、この章が「先生と遺書」のテーマに修正や変更を迫ることはないと考えられる。

◎補足　「先生と私」における青年と静の関係　青年はなぜ〈心臓《ハート》を動かし始めた〉のか

「先生と私」には先生の留守宅で青年と静が親密な会話を交わす場面がある。現在の『こころ』研究ではこの場面が注目されることがあるので、補足としてこの場面に言及しておきたい。この場面で描かれているのは、静のコケットな振る舞いとそれに対する青年の冷静な反応であり、そこに特別な意味は読み取れないというのが本書の主張である。

ある時、先生の家の近所で宵の口に民家を狙う泥棒が出没し数軒が被害に遭う。そんな折先生が夜間に外出しなければならないことがあり、静一人では心細いということで青年が留守番を頼まれる。青年と話す静は最初のうちこそ言葉にきつさがあったが、次第に打ち解けて、涙をためながら自分の苦しい胸の内を語り始める。静の話を聞く青年は静の理解力に感心するとともに、彼女に魅力を感じるようになる。

始め私は理解のある女性《にょしょう》として奥さんに対していた。私がその気で話しているうちに、奥さんの様子が次第に変って来た。奥さんは私の頭脳に訴える代りに、私の心臓《ハート》を動かし始めた。（上十九）

傍線部が注目される箇所である。静はこの時、結婚以来ずっと秘めて来た悩みを初めて第三者に打ち明けたことになる。感情が解放されて涙があふれてきても無理はない。だが、そんな事情を知らない青年とって、涙ぐみながら胸の内を訴える姿は、自分に救いを求めるような魅力を感じさせたと想像される。何より静は美しい。夜の部屋に二人だけでいることを考えれば、この場面で心が動き出すのは自然なことだろう。この状況で〈心臓〉の動かない男を見つける方が難しいはずである。傍線部に、静と青年の未来を暗示させる特別な意味を読み取るべきだろうか。

ただし、青年と静の会話は、この後さらに親密になっていく。青年の求めに応じて、静が先生の秘密をぎりぎりまで明かすところを引用しよう。

奥さんは私の耳に私語《ささや》くような小さな声で、「実は変死したんです」と云った。それは「どうして」と聞き返さずにはいられない様な云い方であった。（上十九）

〈私の耳に私語くような〉という表現が印象的である。もちろん静が青年の耳元に近づくようなことはなかったはずだが、それでも耳元にささやくような声は十分刺激的である。その声を〈聞き返さずにはいられない様な云い方〉と感じたのは、ささやき声にどこか思わせぶりな調子があったからだろう。既に〈心臓を動かし始め〉ていた青年は、静のこの所作にドキッとしたに違いない。静が小さな声になったのは隣の部屋にいる下女への配慮だろうが、この語り方はあまりに刺激的である。

静の一連の言動を見ると彼女が青年に好意を寄せていたように思えるが、彼女が好きなのは先生一人であり、青年に特別な感情は持っていなかったと考えられる。それが分かるのは先生が帰宅した時である。先生が自宅に戻った瞬間、それまで青年に好意的にふるまっていた静の態度が一変する。

　十時頃になって先生の靴の音が玄関に聞こえた時、奥さんは急に今までの凡《すべ》てを忘れたように、前に坐っている私を其方《そっち》退《の》けにして立ち上った。そうして格子を開ける先生を殆ど出合頭に迎えた。私は取り残されながら、後《あと》から奥さんに尾《つ》いて行った。（中略）
先生は寧ろ機嫌がよかった。然し奥さんの調子は更によかった。　（上二十）

青年を無視した態度、ぶつかりそうな勢いで先生を出迎えた姿からは、静の抑えきれない喜びが伝わってくる。静は青年に何ら特別な気持ちは持っていないのに、青年に好意があるとしか思えない態度を取っていたことが分かる。第五章で確認した静のコケットは結婚後も変わっていないのである。

　その一方で、青年は静のこの極端な変化を〈注意深く眺め〉て次のような冷静な感想を抱く。〈今までの奥さんの訴えは感傷《センチメント》を玩《もてあそ》ぶためにとくに私を相手に拵《こしら》えた、徒な女性の遊戯と取れない事もなかった。〉（上二十）彼がこのように感じたのは、静の言動にコケットな匂いを感じ取ったからに違いない。青年は冷静かつ批判的に静を見ていたことが分かる。

　現在の『こころ』研究では、先生の死後、青年が「「奥さん」――と――共に――生きる」という特別な関係を結ぶと考えることが一つの流れになっている。その第一の根拠が〈奥さんは私の頭脳に訴える代りに、私の心臓《ハート》を動かし始めた。〉という一文であり、さらに、先生と話をしている静が青年に目をやる箇所（二回ある）がもう一つの根拠とされる。夫と話す静が途中で青年を見る様子は確かに思わせぶりだが、これも静のコケットな癖の現れと考えるべきだろう。静は男の気を引いてしまう癖を持っているのだ。青年の一時のときめきや、静のコケットな振る舞いに、二人の将来を予想する特別な意味を読み取るべきであろうか。

「両親と私」

この章は実家に帰った青年の体験を描いたもので、先生からの電報と手紙が出てくるものの、先生も静も登場しない。

青年の父親が腎臓病の末期であったため、青年は大学が終了するとすぐに父を見舞うため実家に帰る。青年が実家にいる間に、明治天皇の崩御と乃木大将の殉死があり、父親は二人の死を追いかけるようにして病状が悪化していく。いよいよ父親の最期が近づいてきた時、青年の元に先生からの分厚い手紙が届く。手紙の始めには、この手紙によって青年との約束を果たしたいと書かれているが、筆不精の先生が長い手紙を書いたことに彼は疑問を感じる。だが、実家は父親の危篤が続く慌ただしい状況にあり、青年は拾い読みさえろくにできないまま手紙を繰っていく。すると、手紙の終わり近くに〈この手紙があなたの手に落ちる頃には、私はもうこの世には居ないでしょう。とくに死んでいるでしょう〉（中十八）という言葉を見つける。青年は手紙の通読を諦めると、手紙を袂《たもと》に入れ、駅まで人力車を走らせる。そして実家宛の簡単な手紙を車夫に託すと、東京行きの汽車に飛び乗り、列車の中で先生の長い手紙を一気に読破する。

この時、青年は生きている先生に会えないことを覚悟の上で汽車に飛び乗っている。出発を急ぐメリットに比べて、危篤の父を見捨てて東京に旅立つ代償はあまりに大きく、世間的な感覚から言えば不合理としか言えない選択肢を選んだことになるが、この時の青年にはこれ以外の選択はおそらくあり得なかった。少々乱暴な言い方をすれば、「両親と私」に描かれているのは、青年がこの不合理な選択肢を選ぶまでのプロセスであり、この章には青年に先生の死を選択させるための要因が積み重ねられている。

まず、青年が実家で体験する諸々は、先生の家での経験と真逆なことばかりである。大学卒業に対する意識、就職や社会的地位に対する感覚、口にする物など、実家で接することごとくに青年は違和感を持つ。何より、大学を出ればそれなりの仕事と収入があって当然と考える両親や周囲が青年には煩わしい。父親はそんな田舎を象徴するような存在であり、青年は先生と父親を比較して次のように書いている。〈先生と父とは、まるで反対の印象を私に与える点に於て、比較の上にも、連想の上にも、一所に私の頭に上り易かった。〉（中八）父親に接しているとその真逆にある先生を思ってしまうというのだから、先生を思う青年の気持ちは、まるで本当の父親を懐かしむようである。[1] 青年が帰るべき場所は、実家ではなく先生のいる東京なのだ。しかし、父の病状の悪化によって東京に戻る予定は無期限に延期されてしまう。

そんな青年の元に届いた先生の手紙は、あれほど知りたかった先生の過去を明かす手紙であるという。だが、父親がいつ危篤になるか分からない騒然とした実家では長い手紙（遺書）を読むことができず、かろうじて見つけたのが、〈この手紙があなたの手に落ちる頃には、私はもうこの世には居ないでしょう。〉という衝撃的な言葉であった。父親と先生という最も重要な二人の人間の死が同時に迫ってきたのである。

ただし、青年にとって二人の死の重みは対等ではなく、先生の死が遥かに重要だったと想像される。先生に対する青年の敬愛は並々ならぬものだが、先生を選ばせる理由はそれだけではない。先生にとっての青年は生涯でたった一人の信用された人間であるが、父親にとっての青年は何人かいる子供の一人（彼は嫡子ではない）であり、しかも実家は違和感だらけの「異郷」

である。さらに、父親の容態が一進一退を繰り返して数か月になるのに対して、先生の死は想像すらしなかった突然のものである。青年は先生のことを思うと居ても立ってもいられなかったに違いない。

だが、いくら先生の死が気になっても、最期の時を迎えようとしている父親を捨てて東京に立つのは簡単な決断ではないはずだ。青年を動かす決め手となったのは、彼が先生の死について十分な情報を得ていないことだろう。遺書を読んでいない青年は、先生が姿を隠して死ぬことを知らない。つまり、青年は次のように考えて汽車に飛び乗ったことになる。「今すぐ東京に向かえば、たとえ先生の死に間に合わなくても、死の床に横たわる先生に対面することはできる。だが、父の死を待っていたら先生は埋葬されて二度と会えなくなってしまう。」先生から信用された唯一の人間という自負が、この決断を支えていたことは言うまでもない。

臨終の父親を見捨てた青年は、その行為に対する有形無形の制裁を受けねばなるまい。だが、彼がどんな制裁を受け、それをどう引き受けたのかを一切語らぬまま『こころ』は終わってしまう。青年の未来は気になるが、それを知る材料が何も残されていない以上、この点について議論することは無意味であろう。本書の考察は、青年の「不合理な」決断に対して最大限の必然性が与えられていることの確認に留めておきたい。

少々横道にそれてしまったようである。『こころ』のテーマに戻ろう。「両親と私」に先生は登場しないが、先生に対する青年の意識は「先生と私」に描かれたものと変わらず、むしろ強化されている。また、「両親と私」に登場するエピソードや情報の中に「先生と遺書」に特別な意味を与えるものはない。この章が「先生と遺書」のテーマに変更や修正を求めることはないと判断して問題あるまい。

『こころ』のテーマ

『こころ』の核をなすのは「先生と遺書」であり、「先生と遺書」のテーマに対して、先行する二つの章が修正や変更を求めることはない。したがって、「先生と遺書」のテーマがそのまま『こころ』のテーマと考えることができる。「先生と遺書」のテーマは他者理解の困難さである。

「先生と遺書」の真相を明らかにし、おびただしい不合理を解決することが本書の目的であった。ここまでの考察で当初の目的はある程度達成できたと考えているが、「先生と遺書」にはまだ大きな矛盾が残されている。それは〈明治の精神に殉死する〉という殉死の論理である。この論理は漱石の内面を反映したものとして、従来の『こころ』論において特別な価値が与えられてきた。だが、この論理には二つの矛盾が含まれている。この論理にはどのような矛盾が含まれているのか、そしてここに矛盾を潜ませた意図は何か。本書の最後にこの問題を考えてみたい。ただし、漱石がこの論理に矛盾を潜ませた意図を、『こころ』の本文の中に見つけ出すことはできない。

次節では作品の外部に目を向け、『こころ』の動機として乃木希典を仮定することの有効性を提示する。乃木希典を批判することが『こころ』の動機だったのではないか。このアイディアは荒唐無稽な思いつきに見えるかもしれない。だが、乃木希典の人生をたどっていくと、責罪感の重圧、仮装された殉死、呪われた夫婦関係など、人生の重要なポイントが先生のそれとことごとく重なることが分かる。乃木と先生の人生が複雑な重なり方をしている事実を根拠に、乃木批判が『こころ』の動機であった可能性を提示する。

そして、殉死の論理に内包された矛盾は乃木批判の一部として理解できること、さらに、『こころ』が発表された大正三年当時、新聞連載小説において乃木批判を行うことが、時代風潮に対する命がけの抵抗であったことなどを述べる。

乃木希典の人生を概観することから次節を始めてみたい。

第二節　『こころ』の動機

乃木希典の人生

乃木希典は長州（長府藩）出身の軍人で、日露戦争では第三軍司令官として最大の激戦地である旅順攻囲戦（二〇三高地攻略戦）を指揮した人物である。彼は重い責罪感を背負いながら自らを厳しく律した徳義の人としても知られ、明治天皇が崩御すると静子夫人とともに殉死している。死後乃木は軍神となり、彼の住まいのあった赤坂の新坂町は乃木坂と改名され、彼を祭る乃木神社が各地に建立された。

少々長くなるが、『こころ』との重なりを考える上でポイントとなる部分を拾いながら、乃木希典の人生を概観してみたい。乃木の軍人としての経歴は幾重もの責罪感に覆われている。

乃木が最初に戦いを体験したのは一七の時である。幕府が第二次長州征伐を発令すると、砲術を学んだ経験のある乃木は藩命によって呼び出され、長府藩報国隊に入隊する。彼の部隊は高杉晋作の指揮下に入り小倉で幕府軍と戦いこれを打ち破っている。

その後、報国隊の不満分子が内乱を起こした際、乃木はかつての戦友たちと戦ったことがあるが、彼が大きな責罪感を背負うのは明治九年、二九歳で政府軍の連隊長として小倉に派遣された時である。この時、乃木は実弟の正誼《まさよし》、そして父親のように慕っていた恩師の玉木文之進を裏切ったからである。当時は明治政府がまだ不安定な時期で、江藤新平を首謀者とする萩の乱が平定されたのが明治七年、西南戦争の勃発が明治十年であり、この「事件」は西南戦争の前年にあたる。

この時、乃木が長州人であり松下村塾出身だったことが、彼の立場を苦しいものにしていた。乃木は松下村塾に特別な思いを持っている。両親のしつけがあまりに厳しかったために、彼は一五歳で実家を飛び出して松下村塾に入門し、塾を主宰していた玉木文之進を父親のように慕って成長したからである。ちなみに、吉田松陰がこの五年前に刑死していたため、乃木が入門した当時、松下村塾を主宰していたのが玉木文之進である。玉木文之進は松陰の叔父であり、幼い松陰に漢文の手ほどきをした人物としても知られている。なお、乃木の実弟の正誼は玉木家の養子となっており、乃木希典と玉木家のつながりには並々ならぬものがある。

さて、明治九年当時、萩は鹿児島と並ぶ反政府の拠点であり、松下村塾出身の前原一誠《いっせい》が萩の不平士族を束ねていた。前原一誠は、乃木希典の実弟正誼を小倉に遣わして、新政府を裏切って反乱に参加するよう乃木を強く説得する（正誼は前原の側近だった）。正誼の説得を断れば、彼は弟ばかりでなく、多くの松下村塾出身者と戦わねばならない。だが、彼は実弟の説得をはねつけ彼らと戦う道を選ぶ。乃木は福岡で起こった秋月の乱を鎮圧し、弟の正誼は萩の乱で政府軍と戦い戦死する。さらに、萩の乱が平定されると、父親のように慕っていた玉木文之進が、萩の乱に対する責任から先祖の墓の前で割腹自殺を遂げる。

乃木は実弟と恩師、そして多くの松下村塾同窓を裏切り、彼らを失ったのである。だが、これほどの犠牲を払ったにもかかわらず、乃木の忠誠が報われることはなく、乃木の手元には福岡での戦いぶりを非難する上層部からの手紙が届く。これに対する乃木の返書には、忠誠が報われないことに対する悲憤とともに、死にたいという気持ちがはっきりと記されている。

挽回を期して参戦した翌年の西南戦争も、彼にとって辛い戦いとなる。熊本城を目指して進軍していた乃木軍は、夜間に薩摩軍と激しい白兵戦に突入し、連隊旗手の戦死によって連隊旗を奪われてしまう。この当時、軍旗の喪失は指揮官にとって最大の不名誉とされていた(2)。この事件を堪えがたい恥辱と感じた乃木は、直後に二度の自殺を試みるが果たせず、その後の戦いでは常に最も危険な場所に進み出たという。彼は西南戦争で二度負傷して野戦病院に入院している。連隊旗喪失に対する責罪感が殉死の大きな動機になっていることは、乃木の遺書の最初に書かれ、それは『こころ』でも言及されている。

しかし、乃木の責罪感の最大のものは、やはり日露戦争での旅順攻囲戦に対するものだろう。乃木が指揮した第三軍は、三回の旅順総攻撃で五万九〇〇〇名余りという、それまでに日本軍が経験したことのないおびただしい死傷者を出してしまう。乃木は戦争終結直後に明治天皇に謁見した際、多くの将兵を失った責任を取り死んで詫びたいと申し出るが、天皇がそれを許さなかった。乃木は死ぬことを禁じられた結果、耐えがたい責罪感を背負いながら生き続けたのである。なお、乃木の二人の子供である勝典と保典は旅順の戦いで共に戦死している。

旅順での犠牲に対する乃木の責罪感は、様々なエピソードによって伝えられている。たとえば、長野県のある学校の講演に招かれた時、乃木は演台に登ることを拒み「諸君、私は諸君の兄弟を多く殺した者であります」と言って頭を下げると涙が止まらなくなり、そのまま講演を終えたという(3)。乃木は日露戦争の凱旋将軍であり、乃木を迎える会場は戦勝気分に湧きかえっていたことだろう。その講演で乃木がいきなり頭を垂れる光景を想像して欲しい。彼がどれほどの責罪感を背負っていたかが察せられる。

一方、乃木は三〇の時に一〇歳年下の湯池シチ（七、阿《お》七あるいは志津とも）と結婚するが、この結婚はシチにとって幸福とは言い難いものだった。まず、乃木が長州、シチが薩摩の出身である。長州と薩摩は、幕末に蛤御門の変や長州征伐などで直接戦火を交えた敵同士であり、薩摩から嫁を迎えた乃木は長州の軍人仲間から「帰薩」とののしられる。先生の結婚がKに呪われていたように、乃木の結婚も薩長の対立に呪われていたのである。薩摩から嫁をもらうと言い出したのは乃木自身であるが、この結婚は乃木にとって望ましいものではなかったようで、結婚式では参列者を五・六時間も待たせたあげくに酒に酔って現れ、新妻には目もくれずに参列者と酒を飲み交わすとそのまま酔いつぶれてしまう。

シチは女学校で英語教育を受けた進歩的な女性であり、そんな彼女を快く思わない姑はしばしば彼女に辛く当たった。乃木の扱いが冷淡だったこともあり、彼女は幼い子供を連れて別居したこともある。なお、シチという名が家風に合わないことを理由に、シチは結婚後に静子と改名されるが、これは本人に相談することなく一方的に決められたという。また、結婚前から続いていた乃木の放蕩は結婚後も変わらず、それは乃木がドイツ留学から戻るまで続く。さらに、夫妻の息子（勝典と保典）は乃木が指揮する第三軍の将校として日露戦争で戦い、相次いで戦死するが、息子の死に対する乃木の態度は冷たい程に冷静であった（夫婦にはこの二人しか子がいない）。彼女が乃木の最大の犠牲者であることは、乃木の評伝の多くに共通する認識である。

また、乃木は質素倹約に徹し、部下や子供たちへの優しさにあふれた徳義の固まりのような人物であった。少々乱暴な言い方をすれば、乃木は自らを理想的な軍人にしようと、やせ我慢を貫き通した人物なのである（後述するように、彼の習慣には奇行としか思えないものも多く、周囲の人々をしばしば当惑させた）。そして、乃木の人柄を伝えるさまざまなエピソードは生前から浪曲・講談などで盛んに語られ、国民に広く知られていた。旅順陥落後の乃木とステッセルの会見を題材にした唱歌「水師営の会見」が第二期国定教科書に掲載されたのは、乃木生前の明治四三年である。

それだけに乃木の殉死が国民に与えた衝撃には計り知れないものがあり、当時の知識人たちも様々な反応を見せている。徳川幕府ですら禁じていた殉死は大きなスキャンダルであったが、誠実の極みと言うべき乃木の生き方、身の処し方は人々を感動させずにおかなかったからである。

たとえば、乃木希典と二十年来の親交のあった鷗外は、乃木の葬儀のあった九月一八日の晩に、武士の殉死を題材とした『興津弥五右衛門の遺書』を一気に書き上げている。鷗外はさらに、翌年の大正二年一月には同じく殉死をテーマとする『阿部一族』を発表し、同年六月には『興津弥五右衛門の遺書』の再稿を発表している。(4)

『こころ』と乃木希典との重なり

これに対して漱石が『こころ』の連載を『東京朝日新聞』と『大阪朝日新聞』に始めたのは、殉死から二年半を経た大正三年（一九一四年）四月二〇日。殉死の衝撃が既に過去のものとなっていた時期である。また、『こころ』の中には乃木大将殉死の話題が二度登場するものの（「両親と私」と「先生と遺書」に各一回）、乃木の殉死あるいは殉死一般が論じられることはなく、先生の殉死は〈明治の精神に殉死する〉という変則的なものである。これらの事実を並べると、『こころ』は乃木の殉死に対して一定の距離を取っているようにも見える。

だが、先生の生と死は、いくつもの点で乃木希典のそれと重なっている。

第一の重なりは、先生夫妻と乃木夫妻の類似である。静という名が乃木の妻である静子を意識していることは明らかだと思うが、両者の重なりはそれだけではない。希典と静子の結婚が薩長の因縁に呪われていたように、先生の結婚もＫの亡霊に呪われていた。また、結婚後の先生が静の苦しみをまるで感じようとしなかったことも、夫人に冷淡だった乃木と重なる。さらに、先生夫妻に子供がいないことも、二人の息子を戦死させた乃木夫妻に重なると言えるだろう。

第二の重なりは、殉死の形を仮装して自殺が実行されている点である。乃木は責罪感の重圧から自殺を強く望むが、明治天皇に自殺を禁じられたために、天皇の死を待たなくては自殺を実行することができなかった。二人の重なりを考える上で乃木の殉死の事情は特に重要なので、乃木と明治天皇とのやり取りをもう少し詳しく紹介してみたい。

日露戦争が終わって日本に戻った乃木の最初の仕事は、明治天皇に謁見して戦況を報告すること（復命書の拝読）であった。復命書には兵士の献身とともに旅順攻囲戦や奉天会戦における自らの失策を書き連ね、拝読する声は途中から涙に曇ったという。復命書を拝読し終えた後、乃木は多数の将兵を戦死させた責任を「只身を以て」謝したい、すなわち死んでお詫びをしたいと天皇に申し出る。だが、乃木を深く愛していた明治天皇はそれを許さず、乃木に向かって「お前の苦しい気持ちは良く分かる。だが、生きることは死ぬよりも辛く、今は死ぬ時ではない。どうしても死にたいのであれば自分が死んだ後にせよ。」と諭したという(5)。

明治天皇が死去すると時をおかずに自殺したのは、天皇のこの言葉のためである。乃木が背負っていた責罪感はあまりに重く、もしも天皇が自殺を禁じなかったなら、乃木は天皇の死を待つことなく自殺を遂げていたと考えられる。責罪感による自殺が明治天皇の命令によって延期された結果、殉死のタイミングを取らざるを得なかったというのが乃木の殉死の真相である。この意味で、乃木の殉死は仮装された殉死と言える。なお、天皇と乃木のこのやり取りは、殉死の直後に『国民新聞』に掲載され、広く国民に知られていた。

乃木と比べるために、第六章で検討した先生の殉死の真相を確認しておこう。先生の自殺も殉死の形を取っているが、彼に死ぬしかないと悟らせたものは明治の終焉ではなく、罪悪感・孤独感・亡霊の恐怖などであった。だが、罪悪感が軽かったこと、冷静な思考が自殺を受け入れなかったことから自殺を実行できず、殉死という形に出会うことでようやく自殺を遂げる。つまり、先生の殉死も仮装されたものである。

呪われた結婚と妻に対する冷たさが第一の重なり、仮装された殉死が第二の重なり、そして罪悪感（責罪感）の重圧が第三の重なりである。先生と乃木の人生と死は核となる部分が見事に重なっている。重要な部分がこれだけ重なっている以上、先生の死は乃木の死を意図的になぞって作られたと考えるべきだろう。

だがその一方で、先生と乃木の間には対照的な部分も少なくない。乃木に死を決意させたものは、西南戦争で連隊旗を奪われた恥辱であり、日露戦争で何万名もの部下を死傷させた責罪感である。一方、先生の自殺の原因を一言に言えば、自分がKを殺したという確信であるが、第四章で明らかにしたとおり、Kの自殺の直接の原因は先生の裏切りではない。確かに先生はKを裏切っているが、Kは自分の将来に絶望して自殺したのであり、先生の裏切りはそれに気づかせるきっかけでしかない。先生の罪悪感は事実誤認の産物であり、何万という部下を死傷させた乃木の責罪感とは比べるべくもない。

また、乃木の責罪感がとてつもなく重いのに対し、先生の罪悪感は驚くほど軽い。さらに、乃木を殉死させたのが明治天皇の真心から出た言葉であるのに対し、先生に殉死を思い立たせたのは静が冗談で発した言葉である。何より、乃木が誠実の極みと言うべき生き方をしたのに対し、先生はエゴイズムに凝り固まっている。

先生と乃木の苦悩と死は不思議な関係にある。重みや誠実さにおいては対極にありながら、ひとたび抽象化すると見事に重なる。この関係をどう考えるべきなのだろう。

『こころ』以外での乃木への言及

漱石は乃木の死についてほとんど発言していないが、大正二年十二月に旧制第一高等学校で行った講演（「模倣と独立」）の中で乃木の死に言及している。この講演は『こころ』と乃木希典の関係を考える手がかりを提供してくれるが、それ以外にも『こころ』にとって興味深い思想が語られている。

この講演はその名の通り、イミテーション（模倣）とインデペンデント（独立）の二つの極から人間の在り方を語ったものであり、それを語る中で、漱石は行為者の姿勢が重要であることを強調している。一言に言えば、行為者の姿勢によって悪事が許されたり、社会通念に挑戦するような行為が受け入れられたりするという考えである。

たとえば、どんな悪事を犯しても、その経緯を隠さず漏らさずありのままに書くことに成功すれば、その功徳によってその罪は許されると漱石は言う(6)。ずいぶん乱暴な思想のように見えるが、これは第六章で述べた、遺書を誠実に書いたことで先生が救済されたことと符合する。漱石はこの講演で提示した思想を、翌年『こころ』において実践したことになる。

講演ではそれと並んで、インデペンデントな行為に求められる一つの条件が強調されている。インデペンデントな行為は必然的に社会通念から外れてしまうため、その背景に深い思想や感情をともなっていなければ、周囲に受け入れられず失敗するというのである。漱石はその例として、江戸幕府を転覆させた明治維新、そして乃木の殉死をあげている。乃木の殉死に言及している箇所を引用してみよう。

乃木さんが死にましたらう。あの乃木さんの死と云ふものは至誠より出でたものである。けれども一部には悪い結果が出た。夫を真似して死ぬ奴が大変出た。乃木さんの死んだ精神などは分らんで、唯形式の死だけを真似する人が多いと思ふ。さう云ふ奴が出たのは仮に悪いとしても、乃木さんは決して不成功ではない。結果には多少悪いところがあつても、乃木さんの行為の至誠であると云ふことはあなた方を感動せしめる。夫が私には成功だと認められる。さう云ふ意味の成功である。だからインデペンデントになるのは宜いけれども、夫には深い背景を持つたインデペンデントとならなければ成功は出来ない。成功といふ意味はさう言ふ意味で云つて居る。

講演で乃木に言及しているのは、この引用部分が全てである。乃木の殉死を評価しているようにも見えるが、その評価は限定的で皮肉な調子が読み取れる。

すなわち、殉死が至誠から出ていること、その結果として人々を感動させた点は成功だとするが、殉死の成功はあくまで「さう云ふ意味の成功である」と限定されている。もしも漱石が乃木の思想や生き方までを評価していれば、それらに言及したと思うが、殉死に対する肯定的評価は「至誠より出たもの」という一点に限定され、それを評価する理由には人々を「感動せしめた」事実だけをあげる。漱石は殉死という前近代的な思想を快く思っていなかったのではないか。

実は、漱石の私信やメモを見ると、彼が乃木に対してかなり批判的な評価を下していたことがうかがえる。それを端的に示しているのが、大正元年九月に小宮豊隆に宛てた手紙である。この時漱石は痔の手術のために入院中であり、手術の痛みを自嘲的に語った箇所に乃木の殉死が登場している。

　御尻は最後の治療にて一週間此所に横臥す。僕の手術は乃木大将の自殺と同じ位の苦しみあるものとご承知ありて崇高なる御同情を賜はり度候。

この手紙が書かれたのは乃木殉死の一六日後である。気の許せる門下生におどけた調子で書いていることは分かるが、それでもこの時期にここまで殉死を侮辱した言葉が出ていることに驚かされる。漱石が乃木の殉死を軽蔑しており、さらに小宮も同じ気持ちだと確信しなければ出てこない言葉であろう。

また、小説の構想を記した複数のメモにも、乃木に対する同様の態度を読み取ることができる。次に引用するのは、大正元年の手帳に記された断片である。

◆始めて男と寐た女曰く
　始めて女と寐た男曰く
◆乃木大将の事。同婦人の事
◆すしの食い方。真剣の勝負の時の心得

これを形にした作品は残っていないが、乃木と婦人の前後に並んだ項目から、彼らを皮肉を込めた軽い調子で扱おうとする意図のあったことが推測できる。あるいは、大正三年の断片にも乃木は次の形で登場している。

○乃木大将の事
○是は罪悪か神聖か
○男女、（互いに嫌ではなき事）、意地で互いに反撥する事
（以下略）

このメモの書かれた大正三年は『こころ』が発表された年であり、殉死の一年半ないし二年後

である。このメモを見る限り、漱石は乃木を客観的に評価しているようにも見える。だが、生前から国民的人気のあった乃木の神格化は殉死の直後から始まっており、最初の乃木神社が那須に建立されたのはこの翌年である。この当時乃木は既に神になっていたのだ。したがって「善悪か神聖か」という形で乃木を客観的評価の対象とすることは、後述するように、当時の風潮に挑戦するきわめて大胆な態度なのである。(7) この断片を形にしたものも残っていないが、この断片からも乃木に対する批判的な姿勢を知ることができる。

なお、『漱石全集』にはこの他に五例の「乃木」が出てくるが、それらの例に乃木に対する価値判断を読み取ることはできない。(8)

〈明治の精神に殉死する〉という論理の矛盾

漱石が乃木の思想や生き方に反発を感じるのは、考えてみれば当然かもしれない。乃木は単に禁欲的な生き方を実践したのではない。彼は自らを理想的な武士とすることを目指し、驚異的な忍耐と精神力でそれを実現してしまった男なのである。殉死という人生の締めくくりは、理想的な武士を目指し続けた彼の生き方を象徴する事件であった。近代人の自我を追い続けた漱石が、乃木の前近代的な生き方、そしてそれを象徴する殉死を批判的に受け止めたのは自然なことであろう。

乃木の生き方に対する批判が、『こころ』の動機だったのではないか。

乃木とは比べるべくもないエゴに固執する俗物を造形し、その男に乃木の人生をなぞらせる。その男は罪悪感に苦しみ自殺に追い込まれていくが、その罪悪感は男の勘違いが作り出したものだった。こんな愚かな苦悩を荘重な調子で描き切ったとすれば、それは乃木の苦悩に対する痛烈な皮肉となるだろう。さらに、その男に愚かな殉死を遂げさせたとすれば、それは乃木の殉死に対する人々の賞賛をおとしめる意味も持つはずである。

乃木の人生で最も印象的なのは最後の殉死である。日露戦争で活躍したあまたの司令官の中で乃木だけが軍神として崇拝されたのは、明治天皇に殉死するという壮絶な最期を遂げたためである。[9] 一方、先生の人生も殉死で締めくくられ、そこには〈明治の精神に殉死する〉という重々しく印象的な論理が与えられている。

だが、〈明治の精神に殉死する〉という論理は、もっともらしい外見の下に愚かな実態を隠し持っている。この論理の矛盾を明らかにしてみたい。

〈明治の精神に殉死する〉という表現が不思議な重みを感じさせるために、先生の殉死はどこか深遠で思索的な雰囲気を漂わせる。そのため、〈明治の精神に殉死する〉という論理は、

『こころ』という作品全体を象徴しているように受け止められることが多い。現在では、「漱石は『こころ』を完成させることで明治の精神と決別した」と考えることがほぼ定説になっている[10]。だが、〈明治の精神に殉死する〉という論理の重々しい外見にごまかされてはいけない。この論理は、二つの点で愚かだからである。

この論理の問題点を考えるために、明治の精神をAの精神という形に一般化して考えてみよう。Aの精神とは、集団Aの構成員に共有された精神の名称と考えていいだろう。だとすると、集団Aが消滅してもAの精神はすぐには消えないことになる。Aの精神は集団Aではなく、個人の意識の中に存在するものだからである。これを明治の精神に戻せば、明治の精神の存否は明治天皇の生死に支配されないということになる。たとえば次の二つの例文に意味的な矛盾がないことで、これを確認することができる（内容が現実と対応しているかではなく、文中に矛盾が存在するか否かを考えて欲しい）。

明治天皇が崩御しても、明治の精神は人々の心の中にいつまでも生き続けた。

明治も末年になると、人々の心から明治の精神はほとんど失われてしまった。

二つの文の内容は正反対であるが、どちらも内部に矛盾は抱えていない。明治の精神の存否が明治天皇の死から独立しているからである。つまり、明治天皇が崩御しても、直ちに明治の精神が消滅（終焉）することはないのだが、先生はこの事実に気付かず、早とちりによって殉死を実行してしてしまったことになる。

これを一般化した形でまとめれば次のようになるだろう。殉死はある人間（場合によってはもの）の明確な死を前提とするが、明治の精神には明確な終焉が存在しない。したがって、〈明治の精神に殉死する〉という論理は意味的な矛盾を内包している。

ただし、この結論に対しては次のような反論が出されるかもしれない。

先生が殉じた明治の精神が客観的な存在である必要はない。先生は明治の精神の明確な終焉を実感し、その感覚に従って殉死したのである。

殉死の妥当性を、普遍性のない個人的な感覚として確保しようとする立場である。この反論を認めると、先生は独りよがりの思い込みで死んだということになり、先生の殉死の価値は大きく下がることになるが、この反論には一定の有効性がある。事実、先生も〈その時私は明治の精神が天皇に始まって天皇に終ったような気がしました〉（下五十五）と書いて主観性を強調している。だがこの反論の有効性を認めたとしても、やはり先生の殉死は滑稽なのである。先生の殉死の動機を整理すると次のようになるだろう。

先生は明治天皇の崩御を知ると、〈最も強く明治の影響を受けた私どもが、その後に生き残っているのは必竟時勢遅れだと〉強く感じ、明治の精神に殉死することを決意した。

この動機が既に矛盾を内包している。明治の精神を具体的に規定することは不可能であるが、明治の核となる部分、あるいは明治らしい思想や感覚を抽出したものといった理解で間違いはないだろう。だとすれば、封建的な要素は明治の精神から真っ先に捨象されることになる。その一方で、殉死は封建的な精神を象徴するような強烈な慣習であり、江戸時代ですら既に行われなくなっていた（四代将軍家綱が禁止している）。『こころ』の発表された大正三年当時の人々にとって、殉死が古色蒼然とした過去の慣習であったことは言うまでもない。

つまり、先生は近代のエッセンスとでも言うべき明治の精神に強い一体感を抱いた結果、封建時代の残滓のような慣習に従って死んでしまった、ということになる。明治の精神に一体感を感じる感性の持ち主が、封建精神を象徴するような殉死を実行してしまっては筋が通らない。このちぐはぐな組み合せは明らかに滑稽である。

このように証明しても、先生の殉死を滑稽と断定することにはおそらく反発があるだろう。だが、殉死の対象を「明治の精神」とせず、明瞭な死（終焉）の確認できる「明治天皇」や「明治」にして、「明治天皇に殉死する」あるいは「明治という時代に殉死する」とすれば矛盾は生じない。また明治の精神を使う場合でも、殉死という語を避けて「明治の精神とともに消え去るつもりだ」とでもすれば混乱は起こらない。もちろん漱石もこんなことは十分承知していたはずである。つまり、漱石は先生にあえて矛盾のある殉死を選ばせたと考えるべきなのである。先生の殉死に矛盾を忍び込ませて滑稽にするため。これ以外にその理由が考えられるだろうか。

さらに、本書の主張を支持する状況証拠として、漱石が明治の精神という言葉を全く使っていない事実を提示しておきたい。『漱石全集』の中に明治の精神という言葉は、『こころ』のこの一例しか存在しないのである。もしも漱石が明治の精神というものに価値を置いていれば、この言葉をたびたび使っていたはずである。全く価値を認めていない言葉だから、こんな大胆な使い方ができたのではないだろうか。明治の精神という言葉を漱石が全く使っていない事実は重い。従来の『こころ』論がこの事実を黙殺してきたことに、本書は大きな疑問を感じる。

命がけの乃木批判

先生の罪悪感は事実誤認の産物であり、殉死の論理は矛盾を内包した愚かなものである。先生の苦悩と死は、重厚な外見の下に愚かさを隠し持っている。乃木批判のために漱石が愚かさを潜ませたことは間違いないと思われるが、この当時、乃木批判を公にすることは自殺行為と言えるくらいに危険な行動であった。乃木を題材にした唱歌「水師営の会見」が国定教科書に掲載されたことは、国家の意志として乃木賛美が進められていたことを示す一つの証拠である。そして、殉死によって乃木の評価は頂点に達し、彼は軍神として崇拝の対象となっていく。

殉死の直後こそ、殉死を批判するわずかな意見が新聞に掲載されたものの、批判者は世論の容赦ない攻撃にさらされた。その代表者の一人である京都帝国大学教授の谷本富《とめり》は、『大阪毎日新聞』に殉死を非難する談話を発表したために、自宅が投石を受け本人は辞職に追い込まれてしまう。また、何らかの形で乃木批判を掲載した新聞は、のきなみ読者の激しい非難を浴びて読者数を激減させた。その結果、新聞は間違っても乃木批判が紙面に登場することのないように自主検閲を始めたという[11]。

最初の乃木神社が那須に建立されるのは、『こころ』が『朝日新聞』に掲載された翌年であり、乃木神社はこの後全国各地に建立されていく。乃木崇拝が絶対的なものになりつつあった時期に、『こころ』は発表されたことになる。「新聞連載小説が密かに乃木を批判し、乃木の崇拝者たちを愚弄している」もしもこんなことが明らかになれば、その作者に向けられる非難は谷本富の比ではあるまい。漱石は『こころ』を通して、乃木を崇拝する時代風潮に命がけの抵抗を試みていたと考えられるのである。

この姿勢は鈴木三重吉宛ての書簡に書かれた有名な言葉を想起させる。この手紙の中で漱石は、世の中には「大に動かさゞるべからざる敵が前後左右にある。」と述べて閑文学の世界で生きることを批判し、次のように語る。

僕は一面に於て俳諧的文学に出入りすると同時に一面に於て死ぬか生きるか、命のやりとりをする様な維新の志士の如き烈しい精神で文学をやつて見たい。それでないと何だか難をすてゝ易につき劇を厭ふて閑に走る所謂抜文学者の様な気がしてならん。

（明治三九年十月二六日の書簡）

この書簡が書かれたのは日露戦争終結の翌年である。「命のやりとり」が比喩であることは言うまでもないが、命がけの乃木批判からは、この言葉が決して誇張ではなかったことが分かる。

直接的な乃木批判

『こころ』に直接的な乃木批判を感じさせる場所はないが、遺書の最後で静に遺体を見せないことを強調する箇所には、唯一それが感じられる。周知のように、乃木の妻静子は希典とともに殉死している。密室で行われた二人の死の真相は不明だが、希典の遺書に四名連記された宛名の一人が静子であること、遺書の中に静子の生活についての配慮が具体的に書かれていることなどから、希典には静子を道連れにする意志のなかったことが分かる。

割腹し血の海に横たわる（あるいはもがき苦しんでいる）希典を見て、夫人は自分の心臓を短刀で突いたと考えるのが自然である。これに対して、先生は自分の血を静に見せないことを、遺書の最後で強調している。その箇所を引用してみよう。

私は妻に残酷な驚怖を与える事を好みません。私は妻に血の色を見せないで死ぬ積りです。妻の知らない間に、こっそりこの世から居なくなるようにします。私は死んだ後で、妻か

ら頓死したと思われたいのです。気が狂ったと思われても満足なのです。（下五十六）

〈残酷な恐怖〉や〈血の色〉という具体的な表現が乃木の自殺と重なることから、漱石が乃木夫人を意識してこの箇所を書いたことは間違いないと思われる。漱石は、乃木批判を慎重に隠しながら『こころ』を書いてきたにもかかわらず、最後のこの箇所だけ無防備になっている。

夫人を道連れにした乃木に対する強い憤りが、この危険な行為の背景にあったのかもしれない。『草枕』の那美、『虞美人草』の藤尾、『三四郎』の美禰子など、強い個性を持って男を翻弄する女性を、漱石がたびたび描いていたことを考えれば、妻を無理やり従わせた乃木を許せないと思うのは自然なことと思われるからである。乃木の場合、夫人の死が強制されたものでないことが、夫人の従属性をいっそう際立たせている。自分の感情や意志を奪われてしまうまでに、夫人は乃木に「教育」されていたことになるからである。

あるいは、ごく少数の鋭い読者のために、作品の最後にヒントを残したとも考えられる。誰一人として乃木批判に感づかないことが、漱石の本意だったとは思えないからである。分かる人だけには分かる。そんな状態にしておくためのヒントだったのかもしれない。

Kも乃木のパロディである

ここまでは乃木と先生の重なりを検討してきたが、乃木の禁欲的な生き方はKとも重なっている。乃木の禁欲には、やせ我慢としか言えないようなものが少なからず見出せるからである。福田和也氏による乃木の評伝から、乃木の禁欲を列挙した箇所の一部を引用してみよう。(12)

料亭、芸妓を遠ざけたという話はすでにした。
生活をとことん質素にした。
家での食事は稗《ひえ》飯だった。
客が来れば、「御馳走だ」と云って蕎麦を振舞う。
軍務についている時には、兵隊と同じものを食べた。
特別な食事を供されると、食べずに返した。
田舎親父が、好意で用意してくれたものは、喜んで食べた。
宿で、畳に直接軍服で寝た。
煙草は一番安い「朝日」だった。
自動車には乗らなかった。

雨でも、馬にのった。

傘をささずに、豪雨の下を歩いた。

負傷兵に会うと、どんなところでも馬を下りて、「ご苦労だったなあ」とねぎらった。

夏でも蚊帳を使わなかった。

身の回りのことは、すべて自分でした。

従卒や副官の手を煩わせなかった。

（中略）

尊いものだから、命を懸けたのではない。命を懸けることによって、尊いものにしたのだ。

聖人であろうという志の代価は、高かった。

利便と利益を基本とする近代社会の辻々で、彼は悶着を起こした。


乃木の禁欲はやせ我慢と背中合わせであるが、他者への優しさと思いやりに貫かれている。ここから他者に対する思いやりを取り去り、自分独りのために禁欲に励む男を作ればどうなるだろう。

『こころ』におけるKの造形はいささか中途半端である。Kは命がけで道を追究していたにもかかわらず、『こころ』には道の実態はおろか、そのおぼろげな姿さえ示されていない。Ｋが曖昧でつかみどころがない大きな理由は、彼の目指す道が分からないことにある。道が皆目分からないから、Ｋが一体何を目指しているのか、道のどこにそれほどの価値があるのか、生き方の核が見えないのである。最重要人物であるＫを曖昧にしておくことは、物語の説得力を落とすことになり、漱石がＫの造形を中途半端な状態に留めたことは不可解にも見える。

一方、乃木の度を越した禁欲や倹約は、福田氏の言うように無用な衝突を随所で起こしていた。なぜそこまでストイックに振舞わねばならないのか、乃木が周囲を当惑させ続けたことは想像に難くない。乃木の非常識な側面を、皮肉を込めて誇張した人物としてＫは造形されていたのではないか。もしも道の実態が明示されれば、Ｋの禁欲や努力は納得できるものとなり、独善や傍迷惑という面は薄らぐことになる。独善と自己本位を誇張した乃木のパロディに仕立てるために、漱石はＫの道の実態をあえて伏せたのではないだろうか。

先生とともにＫも乃木のパロディだったとすれば、二人はそれぞれ乃木の分身として、先生は乃木の人生を、Ｋは乃木の性格と思想を模倣したことになる。二人は同郷の幼馴染だが性格は対照的である。東京に出た直後は同じ部屋に暮らしたものの、ほどなくＫが下宿を出て寺に間借りする。だが、再び二人が同居を始めたことによって互いの運命が狂い、破滅へと突き進んでいく。

「先生と遺書」は、乃木の分身である二人が、近づいてはならない距離を犯して接近してしまったために互いを滅ぼしていく悲劇、と読むこともできるのかもしれない。この物語はドッペルゲンガーを想起させる。(13)

「先生と遺書」の三層構造

これまでの考察をまとめてみよう。「先生と遺書」はきわめて複雑な作品であり、三層構造としてまとめることができる。

表層　先生の苦悩
中核　他者理解の困難さをテーマとする悲劇
基層　乃木希典の批判

本書の読者に対してこの三層の説明を改めて繰り返す必要はあるまい。「先生と遺書」の見事さ奥深さに改めて圧倒される。

自信に満ちた広告文の意図

『こころ』を単行本として出版するにあたって、漱石は次のような広告文を自ら作っている。

自己の心を捕へんと欲する人々に、人間の心を捕へ得たる此作物を奨む。

無防備なほど率直に表現された自信、作品の内容が全く分からないこと、上からもの言う尊大な調子など、この文は小説の広告文としては特殊な部類に属するだろう。端正な文体で綴られた『こころ』の広告として、この大胆すぎる広告文はいささか不似合いなようにも見える。ただし、二つの節の前半部が対をなしていることなどから、この広告文が推敲を経て作られたことは間違いないと思われる。漱石はこの広告文にどんな意図を込めていたのか。

乃木希典を密かに批判していること、テーマの直接体験という画期的な試みに成功していることなど、『こころ』はいくつもの困難な課題を見事にクリアーした作品である。漱石がこの作品に大きな自信を持っていたことは間違いあるまい。だが自信を持っていることと、それを率直に表明することは別である。なぜ、漱石は『こころ』に対する自信をこれほど率直に表明したのか。そもそも、一編の小説に「人間の心を捕へ得」ることなどできるのか。なぜ、漱石はこんな大言壮語をしたのだろう。

広告文はまず、『こころ』の読者として「自己の心を捕へんと欲する人々」を名指しする。「自己の心を捕へんと欲する」のは、自分自身について深く考える意識の高い人々であり、読者としても高級な人たちである。つまり漱石は、自分をそのように自負する人々にこの作品を奨めると言っているのだ。これは読者に対するある種の挑発と言っていい。だが、自分の作品を「人間の心を捕へ得たる此作物」と断言する自信は、その何倍も挑発的である。

この広告文を素直に受け止めた読者は、大きな期待を持って『こころ』を読むに違いない。その一方で、広告文に反発を感じる読者もいるはずで、彼らは挑戦的あるいは批判的な姿勢でこの作品に向かうだろう。いずれにしろ、この広告文は読者の能動的な読みを促すことになるはずだ。

「先生と遺書」の矛盾する箇所・不可解な箇所に気付き、それについて考えるためには能動的な姿勢が不可欠である。もちろん、少々考えたところで、大半の読者はそれらを作品の傷として片付けてしまうに違いない。だが、一部の読者は次のように考えるのではないか。「この問題だらけの作品に、漱石が絶大な自信を持っているのはなぜだろう」読者にこの疑念を抱かせることが、あの広告文の意図だったのではないか。この疑念は「この作品を読んだ時、自分は何かを見落としていたのかもしれない」と考える契機になるからである。この発想こそ真相に到達する出発点である。漱石は、『こころ』の真相に到達できる読者が例外中の例外であることを十分承知していた。だから一人でも多くの読者が真相に到達するように、あの挑発的で目を引く広告文を作ったのではないだろうか。

残念ながら、この予想の妥当性を検証できる材料はない。だが、『こころ』の本文と同じように、あの広告文にも何らかのたくらみが潜んでいたと思えてならない。もちろん、真相に気付くことは乃木批判が暴かれることにつながるが、そのリスクよりも真相が誰にも気付かれない事態を憂慮したのではないか。新聞連載時の反応から、乃木批判の暴かれる可能性が極めて低いことを漱石は確信していたはずである。

漱石にとって『こころ』はどんな作品だったのか

第一章において、漱石の小説の特徴として次の可能性を指摘した。小説には主人公の感じたこと考えたことだけが綴られているが、巧みに残された手がかりによって、主人公には知りえない全体状況が伝えられている。

「先生と遺書」は、この方法を過酷な条件の下で実践した作品である。その条件を列挙してみよう。

・主人公だけでなく全ての登場人物が真相を誤解する。
・各人物の内面が複雑である上に、誤解の程度が甚だしい。
・各人物の真相を伝えるための手がかりを残す。
・自殺の動機という把握の難しい問題を核に置く。
・語り手の自殺の動機も間接的に伝える。
・遺書という制約の多い文章を選択し、それに相応しい内容と文体を保つ。
・乃木批判という危険を犯す。

『こころ』はこれだけの条件をクリアーした作品なのである。[14]

漱石は処女作の『吾輩は猫である』以来、一貫して主人公視点に拘って来た。[15]そして、彼が拘り続けた主人公視点の限界に挑戦したのが、『こころ』なのではないか。すなわち、最大限に過酷な条件を設定し、その条件の下で意図通りの世界を描き切るという挑戦である。だとすれば、『こころ』の成功によって、漱石は主人公視点の広大な可能性を確認したことになる。『こころ』の後に発表された二つの小説『道草』と『明暗』は、漱石のそれまでの小説とは作風を異にすると言われ主人公以外の内面も積極的に描くようになる。『こころ』によって主人公視点の可能性を見極めたとすれば、主人公視点から離れていくのは必然的なことだろう。『こころ』の執筆を終えた漱石は胃潰瘍をわずらったこともあり、一月ばかり何もせず自宅でごろごろしていたという。[16]『こころ』の過酷な条件が漱石に多大な消耗を強いたことは想像に難くないが、それ以上に、長年追究してきた課題を見極めた充実感と、目標を失ってしまった喪失感とが、無為に過ごさせた原因だったように思える。

その後漱石はしばらく自分自身に目を向け、幼い頃の思い出を綴った随筆『硝子戸の中』を書き、続いて唯一の自伝的小説である『道草』を発表する。未完となった長編『明暗』に挑戦するのは『こころ』の連載終了から二年近く経った大正五年五月である。

注

（1）「先生と私」の中で、父の見舞いに故郷に帰った青年は、父親と先生とを比較して次のように書いている。

肉のなかに先生の力が喰い込んでいると云っても、血のなかに先生の命が流れていると云っても、その時の私には少しも誇張でないように思われた。私は父が私の本当の父であり、先生は又いうまでもなく、あかの他人であるという明白な事実を、ことさらに眼の前に並べて見て、始めて大きな真理でも発見したかの如くに驚ろいた。　　（上二十三）

（2）軍旗を軍の象徴とするのは日本の伝統的な思想ではなく、ナポレオン一世が完成させたフランス陸軍の思想である。陸軍にフランス陸軍の精神を注入しようとやっきになっていた山県有朋は、軍旗喪失の報を聞くや、乃木を処刑すべしと激昂したという（兵頭二十八、「福田和也『乃木希典』解説」文春文庫、二〇〇七年）。

（3）この逸話は乃木の伝記や講談などにしばしば登場するが、これがフィクションでなく実際に乃木が行っていたことを佐々木英昭氏が検証している（佐々木英昭『乃木希典　予は諸君の子弟を殺したり』ミネルヴァ書房、二〇〇五年（三五〜三八ページ））。

（4）鷗外と乃木は留学先のベルリンで明治二〇年に知り合って以来、親しく親交を続けていた。乃木は、第十二師団の軍医部長として小倉に左遷される鷗外を東京駅に見送っている。

（5）乃木と明治天皇のやりとりは、殉死の一一日後の九月二四日付け『国民新聞』に掲載されている。この場面に居合わせたのは少数の人であったため、記事は某男爵からの聞き書きとなっている。「某男爵」の談として書かれた部分を佐々木英昭氏の文献から引用する。

「臣希典不肖にして　陛下忠良の将卒を失ふ事夥し此上は只身を以て　陛下に罪を謝し奉らんのみ」と奏上したるに　陛下には御傾聴の儘何の御仰もあらせられず軈て将軍の拝辞して

退下する後より御声掛けさせ給ひ「卿が死して朕に謝せんとの苦衷は、朕も能く之を解したり然れども死は易く生は難し今は卿の死すべきの秋に非ず卿若し強ひて死せんと欲するならば宜しく朕が世を去りたる後に於てせよ」

（佐々木英昭『乃木希典　予は諸君の子弟を殺したり』前掲（三三ページ））

しばしの沈黙の後に語られた明治天皇の言葉には重みがある。この言葉には、乃木の強い気持ちを受け止めつつも、乃木を死なせたくないと思う天皇の切実な気持ちが感じ取れる。この言葉を聞いた乃木の感動は察するに余りある。

（6）　講演の中で、書くことによって罪が浄化されることを述べた箇所を引用する。

泥棒をして懲役にされた者、人殺をして絞首台に臨んだもの、――法律上罪になると云ふのは徳義上の罪であるから公に所刑せらるるのであるけれども、其罪を犯した人間が、自分の心の径路を有りの儘に表はすことが出来たならば、さうして其儘を人にインプレツスする事が出来たならば、総ての罪悪と云ふものはないと思ふ。総て成立しないと思ふ。夫をしか思せるに一番宜いものは、有りの儘を有りの儘に書いた小説、良く出来た小説です。有りの儘を有りの儘に書き得る人があれば、其人は如何なる意味から見ても悪いと云ふことを行ったにせよ、有りの儘を有りの儘に隠しもせず漏らしもせず描き得たならば、其人は描いた功徳に依つて正に成仏することが出来る。

（7）　この当時、全ての国民が乃木の死を称賛していたわけではなく、たとえば、白樺派の若い人々が、乃木の殉死に批判的であったことは良く知られている『白樺』は乃木が院長を務めていた学習院出身者が作った雑誌であり、彼らは院長乃木の武士的精神に強い反発を持っていた）。武者小路実篤は『白樺』に乃木の殉死を批判する文章を載せているが、『白樺』が限られた読者を想定した同人誌であることを忘れてはならない。

（8）五例の内訳は小説二（『趣味の遺伝』、『道草』）、随筆一（『初秋の一日』）、日記一、書簡一である。

（9）乃木神社が建立されると、これに対抗するために海軍関係者が東郷平八郎（日露戦争当時の連合艦隊司令長官）をまつる東郷神社を建立している。だが、当時は東郷がまだ生きていたため彼が崇拝の対象となることはなかった。

（10）『夏目漱石事典』（前掲）の『こゝろ』の項目には、『こころ』研究の最近の流れについて次のように書かれている。

『明治の精神』に殉死するという句に作者の精神史的な洞察を読むという支配的な作品解釈があったが、こうした読み方は「遺書」の部分について生産的であったとしても、作品前半を説明できないという批判が出た。

「支配的な解釈」に対する批判があるものの、それは射程の狭さに対するものであること、すなわちこの解釈自体は現在でも否定されていないことが分かる。

（11）激しい報復を受けた乃木批判者としては谷本富がよく知られているが、谷本の以外では名古屋市長の阪本釤之助が有名なようである。殉死直後に乃木をののしった発言が『名古屋新聞』の社説で非難されたことで、阪本市長は名古屋市民の激しい怒りを買ってしまう。また、乃木を批判する文章を掲載した新聞には『時事新報』や『東京時事新報』などがあり、いずれも読者数を激減させた（佐々木英昭『乃木希典　予は諸君の子弟を殺したり』前掲（第七章一・二節））。

大濱徹也氏は乃木殉死直後における乃木批判の難しさを次のようにまとめている。「乃木を「武士道の華」とする主張が日露戦争以降、政府の手をとおして広く行きわたっていただけに、乃木批判は体制の思想を批判することとなり、危険な言動だった。」殉死直後に、乃木批判者が世論の攻撃にさらされた背景には、このような国家の意志の存在があった（大濱徹也『乃木希典』雄山閣出版、一九六七年。河出文庫から再発行、一九八八年（二四八ページ））。

（12）福田和也『乃木希典』（文春文庫、二〇〇七年、単行本二〇〇四年（一二三〜一二六ページ））

（13）ドッペルゲンガーは、「二重の歩く者」という意味のドイツ語で（英語に直訳すれば double walker）、一般的には自分自身を見てしまう現象を指す。ドイツにはドッペルゲンガーを見ると死ぬという伝承がある。ちなみに、漱石門下の芥川龍之介にはドッペルゲンガー（ドッペルゲンゲル）をテーマとする『二つの手紙』と『影』という短編があり、龍之介自身もドッペルゲンガーを目撃した体験を持つという。

（14）漱石は『こころ』を単行本として岩波書店から出版する際、それまで橋口五葉に依頼していた表紙などのデザインを自ら行っている。当時の岩波書店はまだ駆け出しの古書店であり版元の経験もなかった。江藤淳氏は『こころ』を岩波から出版した事情を次のように書いている。「自費出版という形をとってまで、漱石が『心』の出版を岩波書店に委ねたのは、そうすれば自分で装幀ができるという愉しみがあったからに違いない。」（江藤淳『漱石とその時代　第五部』新潮選書、一九九九年（一五三ページ））『こころ』に特別な思い入れがあったから、この作品を特別扱いしたのではないだろうか。ちなみに、現在の漱石全集はこの時のデザインを採用しており、『こころ』の丁寧なデザインは漱石全集で確認することができる。

(15) 漱石は一貫して主人公視点にこだわってきたが、『坊っちゃん』や『吾輩は猫である』のように主人公視点を厳格に守った作品はむしろ少数であり、主人公以外の内面にも言及している作品の方が多い。ただし、そのほとんどは内面描写というより事情説明と言うべきもので、「非主人公」の内面描写は量と詳しさの両面で制限されている。「非主人公」の内面が積極的に語られるようになるのは、『こころ』以降の『道草』と『明暗』である。

(16) 佐藤泰正『これが漱石だ。』（櫻の森通信社、二〇一〇年（三一五ページ））

おわりに

漱石の作家としての技量がいかに非凡なものであったかを、改めて繰り返す必要はあるまい。現代でも、『こころ』に匹敵する重層的かつ格調の高い作品を作ることは決して簡単ではないだろう。だが、漱石の創作活動には、現代とは比較にならないハンディがあった。当時は、思考を自在につづれる日本語がいまだ完成していなかったからである。次に引用するのは漱石のメモの一部である(1)。

俗人ハ causality ハ independent ニ exist シテ居ルト思フ　(明治四〇年頃)

他の ism ヲ排スルハ life ノ diversity ヲ unify セントスル智識慾カ、blind ナル passion ニモトヅク。　(明治四三年)

英語力をひけらかした嫌味な文章のようにも見えるが、私的なメモで見栄を張る必要はない。このような日本語と英語の「交ぜ書き」が、漱石にとっては一番自然な形であった。当時の日本語では、抽象的概念や複雑な論理関係の表現が難しかったからである。

明治期には、新しい時代に相応しい、高度な論理を表現できる日本語が求められた。それは話し言葉に近い平易な形でありながら、西欧言語に匹敵する複雑な論理関係、抽象的思考を自然に表現できる日本語である。この新しい日本語を創作する運動が言文一致である。言文一致という名称が誤解を与えがちだが、この運動のポイントは単に書き言葉を話し言葉に一致させることではない。高度な思考を表現できる新しい日本語、すなわち近代口語体を作り出すことがこの運動の目標である。そんな大事業が一人や二人の力で完成するはずはなく、その完成には多くの作家や翻訳家の努力を必要とした。

一般にはあまり知られていないが、近代口語体を完成させ普及させたのは『吾輩は猫である』だったと言われる。〈吾輩は猫である。名前はまだ無い。〉で始まる自然な日本語からは想像もできないが、漱石は作品に相応しい自然な日本語を模索しながら、この小説を書き進めていたのである。その一方で、『吾輩』が語り手の目を追究したきわめて技巧的な作品であることは、本書の第一章で確認した通りである。新しい日本語の創作と高度な技巧の追究、『吾輩』は二つの困難な課題をこれ以上ない水準で達成した作品なのである。しかも、そのための思考にはおそらく日本語と英語の「交ぜ書き」を使っていたのだから、漱石の才能には驚かされる。

漱石は作品ごとに文体を微妙に変化させる「器用な」作家である。なぜ、そこまで文体にこだわるのかと思ってしまうが、彼が日本語を模索しながら作品を書き進めていた事情を知れば、その理由が想像できる。作品（語り手や視点人物）に最も相応しい日本語を作りながら小説を書き進めた結果として、作品ごとに文体が自然に変化したのだろう。

本書の最後に文体の話題を出したのは、「先生と遺書」の個性的な文体が、その解釈に少なからぬ影響を与えてきたと考えるからである。『こころ』が『東京朝日新聞』と『大阪朝日新聞』に連載されたのは、今から九九年前の大正三年（一九一四年）である。百年もの間、本書のような解釈の出なかったことは不思議であるが、遺書の文体がその大きな要因になっていたように思える。

漱石は「先生と遺書」のために、死を覚悟した人間に相応しい文体を模索し、その語りに重々しさとリアリティを与えることに成功する。[2] この作品が安易な批判を許さない雰囲気を漂わすのは、その文体によるところが大きいはずである。そしてこの印象を重視すれば、先生の語りは疑えないものになるだろう。遺書の雰囲気を巧みに作ったことが、『こころ』のテーマを覆い隠す結果を招いたとすれば皮肉なことである。

さて、本書に対しては次のような感想あるいは批判が出るかもしれない。「文学作品は様々な読みを許容するはずなのに、この本は自分の読みだけが正しくて、他の読みは全て誤りだと主張している」この場所を借りてこの批判に答えておきたい。この批判には二つの誤解がある。

まず、本書が従来と異なる読みを提示できたのは、従来とは異なる前提を選んだ結果である。

それぞれの前提を整理すると次のようになるだろう。

従来の前提　物語内の事件は先生の語りにほぼ沿った形で起きている。
　　　　　　語りの不合理をノイズと考える。

本書の前提　先生は真相を大きく誤解している。
　　　　　　語りの不合理に目をつぶらない。

どちらの前提に立ったとしても、『こころ』は様々な解釈の可能性を示してくれるはずである。妥当性や有効性について二つを比較することは可能であるが、いずれの前提も誤りを含んでいるわけではない。

二つ目の誤解は、本書と同じ前提に立ったとしても、本書以外の読みが可能なことである。本書の読みはこの前提から導かれる一つの可能性に過ぎない。もちろん、ある程度の自信がなければ真相というタイトルは付けないが、同じ前提を選んだとしても、本書と異なる読み、本書を越える読みが必ず出るはずである。

本書の第一章から第六章は、広島大学教育学部日本語教育系コースの「日本語の表現と論理」という講義で話した内容を元にしている。研究発表のような講義を熱心に聞き、質問や感想を寄せてくれた受講生諸君に感謝するとともに、卒業した受講生諸君には講義内容を出版するという約束を延ばし続けたことをお詫びしたい。

漱石について考えるべきことはまだ残されているが、次作では中島敦の『山月記』を取り上げ、この作品の最大の謎である李徴の詩に〈欠ける所〉の実態を考えてみたい。この問題を解決するには、本書とは異なる方法、具体的には西洋修辞学の知見が必要となるだろう。

最後に、本書の出版をご快諾くださった新典社の岡元学実社長と編集部の小松由紀子課長、そして岡元氏をご紹介いただいた広島大学妹尾好信教授にお礼を申し上げたい。また、岡元氏と小松氏には、原稿と校正の大幅な遅れ、初校での膨大な修正という我儘を重ねたことにお詫びを申し上げる次第である。

注

（1）漱石のメモおよび言文一致については次の文献を参照。小池清治『日本語はいかにつくられたか?』（筑摩書房、一九八九年）、加賀野井秀一『日本語は進化する　情意表現から論理表現へ』（NHKブックス、二〇〇二年）加賀野井氏の文献では、言文一致（近代口語体）の成立過程が詳細かつ刺激的に検討されている。

（2）「先生と遺書」の文体については次を参照。柳澤浩哉『『こころ』のレトリック　遺書の文体はどのように作られているか」（『表現研究』第八七号、表現学会、二〇〇八年三月）

参考文献

単行本

今西順吉『『心』の秘密　漱石の挫折と再生』（トランスビュー、二〇一〇年）

石原千秋『反転する漱石』（青土社、一九九七年）

石原千秋『テクストはまちがわない　小説と読者の仕事』（筑摩書房、二〇〇四年）

石原千秋『漱石と三人の読者』（講談社現代新書、二〇〇四年）

石原千秋『『こころ』大人になれなかった先生』（みすず書房、二〇〇五年）

石原千秋『漱石はどう読まれてきたか』（新潮選書、二〇一〇年）

江藤淳『決定版　夏目漱石』（新潮社、一九七四年）（新潮文庫として再発行、一九七九年）

江藤淳『漱石とその時代　第五部』（新潮選書、一九九九年）

小森陽一『文体としての物語』（筑摩書房、一九八八年）

小森陽一『構造としての語り』（新曜社、一九八八年）

小森陽一『漱石を読みなおす』（ちくま新書、一九九五年）

木村澄子、山影冬彦『夫婦で語る『こゝろ』の謎　漱石異説』（彩流社、二〇〇六年）

佐々木雅發『漱石の「こゝろ」を読む』（翰林書房、二〇〇九年）

佐藤泰正『これが漱石だ。』（櫻の森通信社、二〇一〇年）

仲秀和『『こゝろ』研究史』（和泉書院、二〇〇七年）

三浦雅士『漱石　母に愛されなかった子』（岩波新書、二〇〇八年）

水川隆夫『夏目漱石「こゝろ」を読みなおす』（平凡社新書、二〇〇五年）
山崎正和『淋しい人間』（河出書房新社、一九七八年）
吉本隆明『夏目漱石を読む』（筑摩書房、二〇〇二年）

論文集・雑誌・事典

玉井敬之、桜井淑禎編『こゝろ（漱石作品論集成　第十巻）』（桜楓社、一九九一年）
平川祐弘、鶴田欣也編『漱石の『こゝろ』　どう読むか、どう読まれてきたか』（新曜社、一九九二年）
『文学（特集漱石『こゝろ』の生成）』第三巻第四号（一九九二年十月）
小森陽一、中村三春、宮川健郎編『総力討論　漱石の『こゝろ』』（翰林書房、一九九四年）
『漱石研究（特集『こゝろ』）』第六号、（翰林書房、一九九六年五月）
猪熊雄治編『夏目漱石『こころ』作品論集（近代文学作品論集成３）』（クレス出版、二〇〇一年）
平岡敏夫、山形和美、影山恒夫編『夏目漱石事典』（勉誠出版、二〇〇〇年）

乃木希典に関する単行本

大濱徹也『乃木希典』（雄山閣出版、一九六七年）（河出文庫から再発行、一九八八年）
福岡徹『軍神　乃木希典の生涯』（文藝春秋社、一九七〇年）
福岡徹『華燭　乃木静子の生涯』（文藝春秋社、一九七一年）
福田和也『乃木希典』（文春文庫、二〇〇七年）
佐々木英昭『乃木希典　予は諸君の子弟を殺したり』（ミネルヴァ書房、二〇〇五年）
松下芳男『乃木希典（日本歴史学会編集、人物叢書）』（吉川弘文館、一九八五年）

柳澤　浩哉（やなぎさわ　ひろや）
広島大学大学院教育学研究科准教授。1960年4月群馬県前橋市に生まれる。筑波大学第一学群人文学類卒業，同大学院博士課程教育学研究科単位所得退学。広島大学総合科学部講師・助教授などを経て2009年より現職。

専攻　日本語表現論，修辞学的分析

学位　学術博士（広島大学）

著書　『レトリック探究法』（共著，2004年，朝倉書店）
『ケーススタディ　日本語の表現』（共著，2005年，おうふう）
『日本語表現学を学ぶ人のために』（共著，2009年，世界思想社）

論文　「近松における修辞的分析の試み―説得力を作り出す技法の解明―」（『表現研究』第72号，2000年10月，表現学会）
「ゴネリルとリーガンの説得戦略―「愛情くらべ」（『リア王』）の修辞学的分析―」（『表現研究』第75号，2002年3月，表現学会）
「映画の中の虚偽・悪文」（『表現研究』第90号，2009年10月，表現学会）
「『踊る大捜査線』の分析―シリーズを貫く無意識のテーマ―」（『広島大学日本語教育研究』第21号，2011年3月）

『こころ』の真相《しんそう》
漱石は何をたくらんだのか　　新典社選書 62

2013年10月31日　初刷発行
2020年2月10日　2刷発行

著　者　柳　澤　浩　哉
発行者　岡　元　学　実

発行所　株式会社　新　典　社

〒101－0051　東京都千代田区神田神保町1－44－11
営業部　03－3233－8051　編集部　03－3233－8052
ＦＡＸ　03－3233－8053　振　替　00170－0－26932

印刷所　惠友印刷㈱　製本所　牧製本印刷㈱

ISBN978-4-7879-6812-8 C0395
http://www.shintensha.co.jp/　E-Mail:info@shintensha.co.jp